Zum Autor

Im Jahre 1986 in Hannover von einer Frau geboren die er jahrelang Mama nannte, war es schon seit frühester Kindheit sein Bestreben die aufsteigende Scheußlichkeit, in Form von immer trivialeren Handlungsmustern der Großoffensive Mensch, zu unterjochen. Mit diesem Werk ist ein Stein ins Rollen geraten der mit Lesefluss und ungeschnittener Intensität punktet.

Vergleichbar mit einem kleinen Jungen am Strand, der einen Drachen des Windes entgleiten lässt.

Doch wer weiß? Vielleicht wird dieser Drachen irgendwann einmal von alleine fliegen. Wenn der Wind so stark wird und der Junge nicht den Drachen lenkt, sondern der Drache den Jungen zieht.

In diesem Sinne sei euch der erste von drei Teilen dieses Meisterwerks der Trashkunst gegönnt.

Viva la Revolverlution!

Folgendes Szenario spielte sich in der Blütezeit der richterlichen Daily Soaps ab. Ein geringfügig schauspielerndes Triadenmitglied äußerte diese verhängnisvolle These:

" Einmal Triaden, immer Triaden! Da kann man nicht aussteigen wie aus ´m Bus!"

Er wusste nicht wie falsch er lag.

Es ist Nacht. Ein leichter Sommerregen prasselt langsam in die gebildeten Pfützen. Ein dichter Nebel fegt über die dunklen Straßen Branasiens. In der Entfernung sind durch den Regen 2 Scheinwerfer zu erkennen. Sie gehören zu einem Bus, der nach 17 Minuten Verspätung endlich die angestrebte Haltestelle erreicht. So zumindest denken es die 2 durchnässten Mädels namens Mandy und Sandy, die sehnlichst darauf warten den Bus zu besteigen. Ganz einfach um nicht der Gewohnheit des Besteigens zu entfliehen. Gerade in der Hauptschule durchgefallen, bestaunen wir ihre rhetorische Meisterlichkeit.

S

„Ja, und dann war ich auch ganz kurz mit Jerome zusammen. Meine Güte, war dass ein Spießer! Der hatte einfach keine Lust aufn 3er. Stell es dir vor, Mandy."

M

„Und das in unserer offenen Gesellschaft, hihihi."

S

„Ja, oder? Voll der Steinzeitmensch, OMG! Ich hatte schon mit fünf gleichzeitig, halloooooooo?"

M

„Ey, ich hatte mal einen, der hatte sooo einen langen!"

2

Noch wissen die beiden nicht welch grausames Schicksal sie beim Betreten des Busses ereilen würde. Selbst als der 4 Rad Koloss nur wenige Meter vor ihnen langsam beginnt halt zu machen, gelingt es ihnen nicht ihre tiefgründige Konversation zu beenden. So heißt es weiter...

S

„Alter, ich hätte da voll Angst dass der mich so weitet das ich nix mehr merke und als Nutte abgestempelt werde."

M

„Quatsch nicht, dann nimmst halt einfach einen mehr!"

S

„Boah, du bist ja so billig!"

Der Bus hält ordnungsgemäß an der Haltestelle. Doch der Fahrer, welcher durch fehlendes Licht nicht zu erkennen ist, behält es sich vor die Türen geschlossen zu halten.

Das erste Negativerlebnis der beiden Mädels mit einem Zuhälter!

Langsam aber ungeduldig, beginnen sie zu rufen und an die vordere Bustür zu klopfen, woraufhin der Fahrer nach mehreren Sekunden die Tür **hinten** öffnet. Leicht verärgert, aber schnellen Schrittes, betreten sie den Bus, indessen Sandy mit sofortiger Wirkung nach vorne ruft:

S

„Das war wirklich sehr lieb von ihnen!"

Der Busfahrer reagiert nicht auf die Provokation, schließt die Türe und bewegt sich langsamen Ganges weiter fort. Mandy und Sandy sehen sich in dem leeren Bus kurz um und bemerken den sehr schlechten Zustand des Personenbeförderungsfahrzeugs. Trotz der ausbreitenden Rostflecken und dem kaum auszuhaltenden Quietschen während des Fahrens, setzen sie sich nebeneinander auf einen der Sitze um weiter ihrem Smalltalk zu frönen.

M

„Lass deinen Frust gleich im Bett ab.

Jake und Malloy sind bestimmt schon

zuhause und warten auf uns."

S

„Wenn sie genauso feucht sind wie wir könnte das heute ein gemütlicher Abend werden!"

Sandy betätigt nach der 2. Haltestelle die Klingel, doch der Bus fährt einfach am Zielort vorbei. Die beiden beginnen unruhig zu werden und den Busfahrer flüsternd zu beleidigen. Mandy sagt:

M

„Was geht denn bei dem ab? Liegt wohl am Samenstau."

4

Beide rufen nach vorne.

„HALLO, WIR HABEN GEKLINGELT!"

„ WIR MÖCHTEN BITTE RAUS!"

Weiterhin keine Reaktion! Der Bus beginnt das Fahrtempo zu erhöhen! Die 2 Mädels schreien weiter.

„WÜRDEN SIE BITTE DEN BUS ANHALTEN?

WIR MÖCHTEN AUSSTEIGEN!"

Der Bus stoppt abrupt und quietschend direkt auf der Straße. Regen pritscht auf das Dach des fahrenden Hünen.

Mandy und Sandy beginnen einander ihre Hände zu halten und in leiser zittriger Stimme zueinander zu sagen:

"Was stimmt denn nicht mit dem?"

Die beiden begeben sich vorsichtig in Richtung Tür und verharren dort für wenige Sekunden. Doch diese öffnet sich nicht.

Als die beiden einen Blick nach vorne erhaschen sehen sie nichts als Dunkelheit. Sandy nimmt all ihren Mut zusammen und schreit nach vorne:

S

"SIE MÜSSEN SCHON DIE TÜR ÖFFNEN

WENN WIR RAUS WOLLEN!"

Der Mondschein verrät eine große, dunkle Gestalt die hinter dem Lenkrad sitzt. Das androhende Gewitter vollzieht seine Wirkung, als der tosende Donner mit anschließender Blitzerhellung für Sekundenbruchteile Umrisse des Fahrers sichtbar macht. Er beginnt sich über das Mikrofon zu beugen und nach kurzem Grunzen ein pfeifendes Lied anzustimmen.

„Ein hoch auf unseren Busfahrer".

Sekundenlange Stille......danach ruft Mandy:

M

"Wann gedenken sie das zu tun?"

Die Tür **vorne** öffnet sich.

Langsamen Schrittes nähern sich die beiden dem Eingang an der Busfahrerseite. Sandy hält sich klammernd an einer der Stangen fest um ihren wackeligen Beinen Einhalt zu gebieten.

Jedoch rutscht sie rapide ab und fällt zu Boden. Mit blutverschmierten Händen sagt sie zu Mandy:

s

„Mandy, sieh mal. Der Rost ist noch ganz frisch und klebrig!"

Doch Mandy ist bereits nah genug am Fahrer, welcher die Fingernägel seiner vernarbten Hand tief in den Unterarm der jungen Frau gräbt, woraufhin allesamt im tiefen Gelächter des Täters sowie dem Schreien der Mädels in der Dunkelheit verschwinden.

Die Bus Bestie

Wir befinden uns im Detektivbüro von Joachim Blaosiegel. Ein leicht übergewichtiger Vorzeigeagent der sich von niemandem etwas sagen lässt, bei seinen Kollegen und Partnern sehr beliebt ist, mitten in der Midlifecrisis versinkt und seine anhaltende schlechte Laune an allen anderen ablässt. Das typische Leben eines deutschen Beamten!

Vorgesetzter Franz Schuske, relativ neu in der Kommandoposition angekommen und dem Sexualverhalten eines Pinguins nicht abgeneigt, betritt den Raum und wirft verärgert eine Akte auf den mit Sexheften vollgestapelten Schreibtisch von Blaosiegel. Mit versteinerter Miene beginnt er zu fluchen und sagt:

S

„Blaosiegel, das ist der dritte Mord in dieser Woche.

Wann verspüren sie die Lust etwas dagegen zu unternehmen?"

Mit verschmitztem Grinsen und einem leicht kindlichen Charme packt Blaosiegel die neueste Ausgabe der „Mördermöpse" zur Seite und legt einen relativ kühlen Gegenschlag hin.

B

„Mit den Ressourcen die sie mir zur Verfügung stellen

kann ich nicht mal sabbernde Pädophile auf dem Spielplatz

dingfest machen! Was erwarten sie von mir?"

S

> „Dass sie sich den Hals brechen und in Frührente gehen, damit ich den Posten mit frischem jungen Blut besetzen kann."

Die Rede ist von niemand geringerem als dem neuen Shooting Star im Auge von Franz Schuske. Dem attraktiven Harribert Vromms, der gerade die Akademie Spürnase ev. mit Bravour gemeistert hat und nun zielstrebig nach neuen Herausforderungen sucht. Er sitzt im Nebenraum und winkt durch die Scheibe. Doch dies stößt nicht bei allen auf Verständnis, geschweige denn auf Akzeptanz, als dem alteingesessenen Haudegen Blaosiegel folgendes entgleitet:

B

> „Etwa diesen debilen Holzkopf den sie sich an die Backe gelabert haben? Der kann meinen Tacker wieder vollmachen."

Blaosiegel schmeißt Schuske seinen Tacker vor die Füße. Dieser beginnt mit dem Kinn zu schlackern, seine eingedellte Hornbrille abzunehmen und seine Hand ins Gesicht zu legen. In leicht sarkastischen Ton fährt Blaosiegel weiter fort:

B

> „Bleiben sie aufm Teppich, Franz. Manchmal sind sie so ekelhaft sensibel das ich kotzen könnte."

„Also, wer ist tot und warum?"

Blaosiegel legt seine Füße auf den Schreibtisch, benutzt seinen Kippsessel um es sich gemütlich zu machen und blättert neugierig in den Akten herum. Schuske wischt sich aufschnaufend eine Träne aus dem Gesicht und antwortet:

S

„2 Mädels.......tot am Waldrand......

verstümmelt......keine Zeugen."

B

„Also wie immer. Mandy Rein-Hardt und Sandy Gebroich?

Mandy und Sandy.........klingt nach einem abenteuerlichen

Wochenende."

S

„Wenn sie ihre widerlichen Kommentare einmal sein

lassen könnten und sich professionell mit dem Fall

beschäftigen würden wären sie nicht immer noch in

dieser stinkigen Kammer gefangen und wären...

...was weiß ich?" Bei der Kripo?

Oder sie hätten meinen Job."

„Haben sie daran schon einmal gedacht?"

Blaosiegel schmeißt die Akte auf den Tisch, zündet sich eine Zigarette an und sagt kühl nach einem intensiven Zug:

B

„Ja!"

S

„Und was hindert sie an der Umsetzung dieser Erkenntnis?"

B

„Die andere Erkenntnis, dass ich ihren spermabefleckten Drehstuhl mitsamt dem Arschlecken, den dieser furzende Popeljob mitbringt nicht will…und überhaupt. Worauf sollte ich mich denn dann freuen wenn ich ihre dämliche Visage nicht mehr sehe wenn ich sie geärgert habe?"

„Hehehehe"

Schuske beginnt zu weinen.

B

„Franz, ernsthaft. Wenn ich nicht wüsste dass sie es sich von dem Neuen besorgen lassen, würde ich ihnen raten sich einmal den Besenstiel im Rektum entfernen zu lassen oder gegebenenfalls noch tiefer zu schieben, falls die Zunge des Neuen nicht ausreicht. Wie zur Hölle sind sie an ihren Job gekommen?"

S

„DAS GEHT SIE GARNICHTS AN!"

B

„Hahahahaha."

S

„Blaosiegel, ich warne sie! Ich mache ihnen die Hölle heiß und hetze sie in ein Disziplinarverfahren, das sich gewaschen hat. All diese Regelverstöße, all diese Insubordinationen."

„Diese ständig hasserfüllten Wortfolgen gehen mir gewaltig gegen den Strich. Entweder sie bessern sich oder sie waren die längste Zeit mein bestes Pferd im Stall."

B

„Man könnte fast meinen sie haben bereits einen besseren Deckhengst."

S

„Das war´s Blaosiegel!"

„Damit haben sie ihr berufliches Testament geschrieben!"

„Packen sie ihre Sachen und dann…"

Die Gemüter beruhigen sich ruckartig als das Telefon Blaosiegel´s anfängt zu klingeln. Mit Feingefühl begegnet er dem bevorstehenden Telefonat, während er Schuske mit folgenden Worten den Wind aus dem Segeln nimmt:

B

„Franz, einmal die Backen stillhalten."

B

„Solange wie ich telefoniere, lassen sie sich von dem Eimer da hinten die Schulterpartie massieren. Sie sehen verspannt aus."

Blaosiegel geht ans Telefon und muss mit Schrecken
feststellen, dass seine schrullige Ehefrau Marta am anderen
Ende der Leitung verweilt.

B

„Blaosiegel?"

M

„Joachim, zum Glück! Ich brauche deine Hilfe!

Unser Sohn steckt im Briefkasten fest."

B

„Marta, du hattest eine Aufgabe. Eine einzige verdammte

Aufgabe auf dieses Balg aufzupassen. Weißt du eigentlich

mit wie vielen Aufgaben ich mich hier plagen muss

um nicht vollkommen den Verstand zu verlieren?

Meine Güte...was erwartest du jetzt von mir?"

B

„Soll ich vorbeikommen und mein eigen Fleisch und Blut

auslachen? Inwiefern steckt er denn fest?"

M

„Mit dem Kopf zuerst, Joachim."

„Wir haben Reise nach Jerusalem gespielt und er hat es, wie üblich, ein bisschen zu ernst genommen."

Blaosiegel bläst seine Backen auf und antwortet:

B

„Das kann unmöglich dein Ernst sein! Schmier ihm einfach ein bisschen Rama um den Hals und zieh ruckartig. Den Trick hast du aber nicht von mir."

Mit Schwung legt er den Hörer auf und versucht die richtungsweisende Unterhaltung mit seinem Chef fortzuführen.

B

„Franz, sie mein Bester. Wo waren wir stehengeblieben? Oder haben sie bereits ein Penis im After?"

Wider Erwarten antwortet jedoch der Sprössling Vromms, cool und lässig mit Stöpsel im Ohr, und löst damit einen Militärschlag an verbaler Eskalation aus:

„Wenn ich mich diesbezüglich einmal dazwischen schalten dürfte?"

B

„Dazwischen hättest du es vielleicht gerne, aber nein!"

„Der einzige Grund warum ich mit der weinenden Wurst im anderen Büro überhaupt rede ist die Tatsache dass er beruflich, aus welchen Gründen auch immer, über mir steht. Also halte Abstand und verlass das Zimmer. Ich kann den Pediküregeruch nicht leiden."

V

„Finden sie es nicht ein wenig erbärmlich sich infolge unserer fortgeschrittenen Gesellschaft....

.....der Homophobie hinzugeben? Wann sind sie denn denktechnisch steckengeblieben?"

B

„Steckengeblieben ist das richtige "Stichwort" wenn sie verstehen was ich meine?"

„Ich rede nicht mit Tütüträgern ihrer Art.

Also nehmen sie ihren Mp3 Player gefüllt

mit tuntiger Nichtmusik in Form von Homologen

und hören sie sie draußen."

„Können sie mir diesen einen Gefallen tun,

Ed von Schleck?"

V

„Ist das wirklich ihr Ernst?"

B

„So sehr wie das da hinten ihr Franz ist!"

V

„Es ist eine ziemlich dreiste Behauptung uns eine

Affäre anzuhängen. Vielleicht sollte ich gerichtliche

Schritte gegen sie einleiten?"

B

„Seltsam, ich hätte schwören können dass sie

derjenige sind, der es sich immer einleiten lässt."

Wutentbrannt kommt Schuske zur meckernden Meute zurück
und haut auf den Tisch!

S

„SCHLUSS DAMIT!"

„Blaosiegel, ich schwöre ihnen, nachdem dieser Fall
gelöst ist werde ich ihren Arsch persönlich vor die Tür setzen!"

„Und um sie noch weiter zu reizen und diesen Fall
schneller zu beenden, werden sie ihn mit unserem
Top Agenten Vromms bearbeiten."

B

„Ich soll was?"

V

„Exzellent!"

Mit gezwungen beruhigendem Ton versucht Blaosiegel der
Misere zu entkommen:

B

„Nun mal langsam Franz, mir ist bewusst dass sie mit enormen
Darmleiden zu kämpfen haben, jedoch können sie nicht im
Ernst behaupten....."

S

„AN DIE ARBEIT!"

B

„Dafür werde ich dir den Arsch zutackern, Franz!"

S

„Gib dir Mühe, denn ich werde furzen!"

Autoritäre Grenzen wurden mit dem nicht distanzierten „Du"
überschritten und die Stimmung droht überzukochen. Mit Akte,
Block und Stift bewaffnet, eilt Blaosiegel zu seinem Auto um
einen anderen Tatort aufzusuchen. Im Anhang wie ein
Lemming, Harribert Vromms. Im Auto genauso nervig wie eine
Schwangere im Taxi. So versucht er mit dem miesepetrigen
Blaosiegel eine Konversation zu starten:

V

„Der Gefahr sie anzusprechen gewahr freue

ich mich trotzdem über unsere

Zusammenarbeit und ich hoffe..."

B

„MAUL HALTEN!"

V

„Würden sie mir wenigstens verraten ob wir zu einer

Unfallstelle fahren oder ob sie ihren Hunger bei KFC..."

B

„WAS GIBT ES AN „MAUL HALTEN"

NICHT ZU VERSTEHEN, ROSI?"

Vromms hebt den Zeigefinger und spricht mit geschlossenen
Augen weiter:

V

„Bei fortführenden verbalen Ausschweifungen sehe ich mich

gezwungen unseren Vorgesetzten zu benachrichtigen."

B

„Wunderbar, dann könnt ihr gleich zusammen in den

Sonnenaufgang reiten."

V

„Mal in eigener Sache, Joachim. Was ist es, was sie quält?

Welche Unzulänglichkeiten sind es, die sie bedrücken?"

B

„Ihr Blick auf meinen Intimbereich. Sie können es ruhig

zugeben! Ich kenne diese lüsternen, gierigen Blicke.

Na los, raus damit. Ich hab auch so genug Probleme."

V

„Möchten sie mir davon erzählen?"

B

„Möchten sie meine Faust spüren?

Ich meine selbstverständlich im Gesicht, Mister Fister!"

V

„Es ist äußerst amüsant zu erleben dass sie immer Zuflucht

in den Witzen der Gleichgeschlechtlichkeitsliebe suchen

obwohl ich nichts dergleichen bin. Ich bin glücklich verheiratet."

B

„Dreist gelogen, deine Frau heißt Holger

und ich kann dein ekelhaftes Geseiere nicht mehr hören.

Schnauze jetzt, wir sind da. Ich übernehme das Reden!"

V

„Ich lausche und lerne!"

B

„Solange du die Fresse hältst und

die Hose oben, mach was du willst."

V

„Entzückend!"

Am Tatort angekommen lernen wir den grundsympathischen Robert kennen, der gerne Fotocollagen von nackten, aber leblosen Frauen anfertigt um sie sich übers Bett zu hängen. Durch seine Profession als Spurenermittlungsfachmann in der polizeigewerkschaftlichen Kriminalkreisklasse, gelingt es ihm leicht seine latente Perversion aufrecht zu erhalten ohne Aufsehen zu erregen. So begegnet er Blaosiegel mit den Worten:

R

„Jo, Joe, hier spielt die Spusi den Batuzzi."

B

„Es gibt eindeutig zu wenige Morde, du dämlicher Penner."

Die beiden bekunden ihre Freundschaft mit einem innigen, kräftigen Händedruck mitsamt einer langen Umarmung. Hingerichtete Leichen und viel Blut beiseitegeschoben, beginnen die beiden ihr Wiedersehen mit dem Besprechen von privaten Angelegenheiten:

R

„Was macht die Familie? Ist Marta mal wieder schwanger?"

„Nein, Man lernt aus Fehlern!"

R

„Dann kannst du sie mir ja mal ausleihen.

Ich weiß wie man Spuren verwischt!"

HAHAHAHAHA

Vromms mischt sich in die laufende Unterhaltung ein und macht sich erneut keine Freunde mit seiner orientierten Arbeitsweise:

V

„Ich glaube es ist von allseitigem Interesse

wenn sie uns kurz ein kleines Briefing geben,

denn im Moment sieht es ganz danach aus als ob..."

Robert schaltet sich mit angewidertem Gesichtsausdruck dazwischen und sagt:

R

„Joachim Blaosiegel vollkommen den Verstand

verloren hat. Mit was für geleckten Pappaufstellern

umgibst du dich neuerdings?"

B

„Kein Kommentar. Er wurde mir an die Backe gelabert und rammelt mir seitdem am Bein herum."

Vromms antwortet erzürnt.

V

„Joachim, ich habe sie dringlichst gewarnt!"

V

„Ich werde mich mit Herrn Schuske in Verbindung setzen müssen."

B

„Kein Problem, geben sie ihm auch ein Bussi von mir!"

„Sie Hodenknilch."

Vromms verschwindet in der Ferne, woraufhin Blaosiegel und Robert die Lage besprechen.

B

„Blond und brünett.....wie nett!"

R

„Kennst du den Fall bei Domian mit dem Nekrophilen?"

B

„Komm zur Sache bevor ich sie beide vor deinen Augen vernasche."

R

„Da war also so ein Gerichtsmediziner. Er musste eine Leiche obduzieren. Aufgrund schlechtem oder geringfügig ausgeführtem Koitus verging er sich an einer 20 Jährigen".

„Er hat sie so richtig durchgevögelt, verstehst du? Mitten auf dem Obduktionstisch. Sie soll recht hübsch gewesen sein..... zumindest das was von ihr übrigblieb."

B

„Ich kann dem Mann verstehen!"

„Ich hab auch eine Frau."

25

HAHAHAHA!

„Was haben wir, Robert?"

„´Nen mächtigen Ständer!"

„Guck dir mal die Titten von der alten an."

„Tu mir den Gefallen und gib mir was Konkretes damit ich diesen Durchfall lösen kann."

„Hab jetzt schon die Schnauze voll."

„Der Killer hat die Leichen mit einem Bus hierhergefahren!"

„Wenn man sich die Reifenspuren dort hinten im Schlamm ansieht ist das offensichtlich."

„SHERLOCK!"

Die beiden sehen sich kurz an und klatschen sich dann in die Hände:

R

„Ich mag deinen Horizontalhumor! OK, Susi Stockmond, 23, Kassiererin bei Subway. Getötet mit 17 Messerstichen. Bemerkenswert ist, dass nur einer davon tödlich war. Der in den Hals."

„Der Rest ging hauptsächlich in die Füße und ins Rektum. Zum Glück hat er die Tüten in Ruhe gelassen. Meine Güte, sieh dir das an. Welch eine Pracht!"

B

„Und die andere?"

R

„Florentine Sauerschaum, 27. Trieb sich öfters in einschlägigen Etablissements rum. Hat ganz gut getanzt, fand ich."

B

„Wie ist sie gestorben?"

R

„Jetzt wird es interessant. Sie ist an einem Duplo im Hals erstickt! Allgemein sieht es so aus als ob der Killer keinen Plan hatte was er macht. Blutspuren bestätigen die Theorie dass er versuchte die Mädels dort im See zu versenken. Wir haben seine Fußabdrücke gefunden. Wahrscheinlich war er nicht in der Lage die Körper weit genug zu werfen, sodass er sie hat einfach liegen lassen."

„Aber warum er sie jetzt hierhin geschleift hat...wir können nur vermuten. Ach, und bevor ich es vergesse. Der Bus hat das Nummernschild verloren. Sollte also ein Einfaches sein diese Sau zu finden."

B

„Ich glaub dem ganzen nicht so recht. Wieso macht er so viele Fehler?"

28

R

„Vielleicht hält er sich für einen Goldschatz und du bist sein Leprechaun?"

B

„Verstehe ich nicht."

R

„Er möchte entdeckt werden."

B

„Weißt du was Niveaulimbo ist?"

R

„ Ich bin mir sicher dass meine Witze bei deiner Frau gut ankommen würden."

„HAHAHAHA"

Wieder einmal schaltet sich Harribert dazwischen um die gute Laune zu untergraben. Er versucht Blaosiegel frühzeitig in den Ruhestand zu schicken. So sagt er mit einer ekelhaft unnachahmlichen Schlagmichfresse:

V

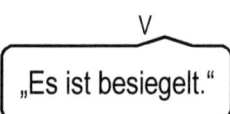

„Es ist besiegelt."

B

„Mein Spruch auf meiner Visitenkarte, HA!"

„Damit hast du nicht gerechnet, du Lattenhüpfer!"

V

„Es ist aus für sie, Blaosiegel. Sie dürfen sich auf ein gerichtliches Verfahren vorbereiten. Beleidigung, Befehlsverweigerung, Unterschlagung von Unterlagen. Alle zurzeit erörterten Sachinhalte werden auf der Stelle mir übergeben und ich werde den Fall von nun an alleine fortführen. Ein Streifenwagen ist bereits unterwegs um sie abzuführen."

B

„Sehr gut, Frührente! Ich wünsch ihnen alles Gute aus der Hängematte, sie aufgeblasener Vorstecher."

Blaosiegel schmeißt Vromms seine Mappe vor die Füße.

„Sie missverstehen die Lage, Joachim. Ich sprach von einem gerichtlichen Verfahren...eventuell Gefängnis. Ich bin mir sicher dass es für den Richter sehr von Interesse sein wird zu erfahren, wie sie..."

B

„Verbünde dich von mir aus mit deiner Strapsmaus im Büro und sagt Hand in Hand gegen mich aus. Ich habe Kontakte und die werde ich nutzen!"

„Meine Pension wird höher sein als deine tägliche 12stündige Arschhinhalterei für höhere Mächte. Ich habe bestens vorgesorgt, du Slipschnüffler."

„Und jetzt werde ich mir zur Feier des Tages eine Zigarre gönnen. Und wehe du machst dein Maul jetzt noch einmal auf. Ich möchte ungestört genießen."

Blaosiegel setzt sich in sein geöffnetes Auto und zündet sich eine extrem stinkende, billige Havanna an. Mit schmachtendem Blick schickt sich Robert ins Geschehen und sagt:

R

„Es sei dir gegönnt, Joachim. Ich beneide dich."

R

„Jetzt kannst du dich den ganzen Tag um deine Familie kümmern. Und das ist nicht unbedingt das schlechteste, beachtet man die enorme Tütengröße deiner Frau."

B

„Seit sie geworfen hat hängen die Dinger schlimmer wie ´ne Deckenleuchte. Und der Rest ist von Besenreißern und Cellulite versaut. Es gibt Gründe warum ich so viel gearbeitet habe."

R

„Quatsch doch nicht, der Bogen muss nur mal neu gespannt werden."

B

„Ich möchte sehen wie du ´ne Rosine wieder aufbläst."

HAHAHAHAHA

Vollkommen desorientiert wie ein Knatterpups in der Kirche, versucht Gutmensch Vromms mit erhobenem Zeigefinger wieder Stil in die ausufernde Unterhaltung zu bringen:

V

„Absolut geschmacklos ihre Stammtischparolen.

Sie sollten sich zusammen im Kollektiv einer

Schadensbegrenzung, in Form von Schweigen, hingeben."

Blaosiegel antwortet wie es nur ein Blaosiegel kann:

B

„Liegt hier nicht irgendetwas herum was in dein Anus passt?

Oder bist du für Fränzle schon am Vorfingern?"

V

„Ekelhaft und erbärmlich."

33

B

„Und jetzt frag dich mal wie ich das Schlafzimmerverhalten von dir und deinem Lecksklaven bewerte."

Das Fahrzeug fährt ein. Freudig erregt winkt Blaosiegel dem anfahrenden Fahrzeug zu als er sieht, das sein langjähriger Freund Fritz Hanisch am Steuer sitzt, welcher sich als Social Media Hure ein zweites Standbein aufgebaut hat.

B

„Na endlich, Fritz du alte Socke! Ich hab´s geschafft."

„Füße hochlegen und mir den ganzen Tag die Eier lecken lassen! Mein Traum wird wahr!"

F

„Von deinem Hund, versteht sich?"

B

„Der kann´s besser!"

„HAHAHAHA"

Fritz zeigt auf Vromms und sagt:

F

„Ist das da der umgedrehte Limbotänzer der dich verraten hat?"

B

„Was heißt verraten? Er ist Systembückling ohne Rückgrat!"

„Er wird noch viele Nüsse in seinem Leben massieren! Können wir?"

F

„Fahren wir!"

B

„Robert, halt mich auf dem Laufenden. Und mach mir 'nen Auszug von den Möpsen der Leiche bevor sie verwelken. Ich weiß dass du Fotos schießt!"

„Du kennst mich einfach zu gut!"

Die beiden umarmen sich zum Abschied und Robert wünscht Joachim noch einen....

„Schönen Resturlaub."

B

„Werd nicht sentimental. Und lass den Schwanz in der Hose!"

Fritz und Blaosiegel steigen ins Auto und fahren davon. Im Rückspiegel ist Robert zu sehen, der wie eine Mutter ihrem Kind zuwinkt, welches zum ersten Mal mit dem Bus zur Grundschule fährt. Fritz macht sich um den brummig dreinblickenden Blaosiegel Sorgen und versucht ihn aufzumuntern.

F

„Und.....bist du glücklich?"

„Ich hab seit gefühlten Jahrzehnten mal wieder einen Steifen, Fritz!"

„Einen richtig Steifen, und nein, das liegt nicht an dir."

„Ich bin erleichtert."

B

„Hör zu, bevor du mich nach Hause fährst muss ich noch zum Büro. Alle meine Sachen abgeben. Materiell und in Wortform!"

F

„Klingt spannend, darf ich mit rein und filmen?"

F

„Ich bin Hobbyfilmer und hab einen eigenen Youtubekanal der sich speziell auf menschliche Schicksale konzentriert."

B

„ Was könnte mich an diesem herrlichen Tag noch aus der Fassung bringen?"

Das Handy von Blaosiegel bimmelt mit dem Klingelton von „Balls of Fire". Er schaut aufs Display und sieht den Schriftzug „Marta" mit rotleuchtendem Schriftzug aufblinken. Sein Kommentar bevor er ans Handy geht:

B

„Hätte ich bloß die Fresse gehalten."

Mit leichtem Sarkasmus betätigt Blaosiegel die Hörertaste und sagt:

B

„Marta, meine Liebste. Leg schon mal „Deseo" und

„Vichy Slow Age" auf. Dein Papa braucht Zuneigung!"

M

„Joachim, dein Sohn sitzt auf der Wiese und weint."

B

„Das tue ich auch öfters. Kein Grund zur Besorgnis!"

M

„Nein Joachim, er verband sämtlichen Kühen von Bauer

Stramm die Augen und ist traurig keinen Spaß daran zu

finden!"

B

„Marta meine Liebste, vergiss was ich gesagt habe.

Ich komme erst morgen nach Hause!"

M

„ Aber Joachim..."

Blaosiegel legt auf.

B

„Vergiss auch du was ich gesagt habe, Fritz.

Bring mich zu den Jungs in die Kneipe."

F

„Bin ich eingeladen?"

„Ohne Kamera bleibst du draußen!"

„Ist der Ruf erst ruiniert..."

B

„Und wehe du lässt ein winziges Detail aus."

Es ist Abend. Während sich unser allerliebster Protagonist auf den Kneipenbesuch vorbereitet, kommt ein Bus aus der Ferne auf den Schrottplatz gefahren und stoppt in Schritttempo. Ein Mann mittleren Alters entsteigt dem selbigen, bewegt sich langsam und schwerlich in Richtung der Schrottpresse, drückt schnaubend auf den Knopf der die Presse öffnet, und schmeißt die gleiche vernarbte Hand die einst Mandys Unterarm ergriff in abgetrenntem Zustand in die geöffnete Luke.

Ein düsteres Grinsen entgleitet in die Nacht!

Im selben Atemzug kommt Welpe Vromms schlecht gelaunt wieder im Detektivbüro an. Erleichterung macht sich bei ihm breit als er das Chefzimmer Schuske´s erreicht um seinen angestauten Frust abzulassen. Was er jedoch nicht ahnt? Schuske erwartet seinen Sprössling bereits mit weit geöffneten....Armen.

V

„Es ist einfach ungeheuerlich was ich mir

von Herrn Blaosiegel anhören musste, Herr Schuske.

Welche Qualen müssen sie in der Zeit seiner Regentschaft

überstanden haben?"

S

„Unerträgliche, mein geschätzter Kollege Vromms.

Übrigens gefällt mir wie ihre Augen funkeln

wenn sie wütend sind."

V

„Was?"

S

„Garnichts...haben sie in der Zeit seiner lang

ersehnten Abwesenheit irgendwas

Informatives erörtern können?"

V

„Ähhh, Blaosiegel wurde gerade erst vor

20 Minuten abgeführt, Herr Schuske."

„Nun ja...dass ist mir natürlich bewusst...Ich sag ihnen was. Durch ihre unzulängliche Erfahrung sehe ich mich genötigt, ihnen einen anderen Partner zur Seite zu stellen um sie in ihrer charakterlichen Entwicklung zu fördern. Hätten sie etwas dagegen das bei einem gemeinsamen Essen im Restaurant "Eros" um die Ecke zu besprechen?"

Für einen kurzen Augenblick runzelt Vromms ungläubig mit der Stirn. Der Höflichkeit wegen bleibt er gelassen und versucht die übertriebene Anbiederung Schuske´s runter zu spielen.

V

„Ich bin mir sicher das dieses kurze Briefing auch hier stattfinden kann, Herr Schuske."

Schuske spitzt leicht die Lippen und tippt auf den Schreibtisch.

S

„Sie erwarten also von mir das ich die Kerzen in meinem Schreibtisch versteckt halte, wie?"

Schuske zwinkert Vromms zu, woraufhin Vromms schockiert aufschluckt und direkt danach anfängt zu lachen.

V

„Ich wusste gar nicht das sie auf solche Witze abgehen, Chef."

Mit tiefer Ernüchterung senkt Schuske sein Haupt und atmet tief aus, während er sagt:

S

„Tja, sehen sie...ich bin schon so ein Lausbub.....

Ok, dann setzen sie sich."

V

„Danke...OH...der Stuhl ist aber

wirklich sehr gemütlich, Herr Schuske!"

S

„Ist er ihnen auch weich genug?

Ich könnte noch Kissen aus dem Speisesaal..."

V

„Franz, bitte bleiben sie sachlich."

S

„Natürlich...wo waren wir stehengeblieben? Achja...!

Sie wollten mir erläutern was sie gegen das "Eros" haben."

V

„Ich denke nicht dass das der Sachverhalt war, den wir besprechen wollten."

S

„Ihren neuen Partner, sie haben vollkommen Recht. Bitte setzen sie sich doch während ich ihn schnell hole um ihn vorzustellen."

V

„Danke, aber ich sitze bereits."

S

„Selbstverständlich...dann gehe ich ihn jetzt holen und sage bis gleich."

V

„Ja, ok. Ich warte."

Als Schuske den Raum verlässt, legt Vromms seine Hände ins Gesicht und fragt sich ob er nur von Psychopathen umgeben ist. Angenervt sieht er auf die Schreibtischuhr Schuske´s, die 21:20 anzeigt, und atmet tief aus.

Währenddessen befinden wir uns in der Kultkneipe „Flusenpeter" wo sich ein Kreis völlig besoffener, grölender Kneipengäste gebildet hat. Im Hintergrund lauschen sie der Musik zu "He´s a Man". Der Grund dafür? Im Kreis befindet sich Blaosiegel, der eine Bardame nach der anderen nagelt. Sein "Publikum" schreit im Chor "Lets go Joe", was in unserem stark alkoholisierten Star Höchstform hervorruft. So schreit er Fritz halbnackt und mit schwitzendem Körper an:

B

„Jawohl Fritz, so vögelt man die Frauen richtig durch. Hast du alles schön drauf? Und gib Acht das mein Schwanz so groß wie möglich dabei aussieht!"

F

„Aye-Aye Captain.....schon mal an ein neues Standbein als Notnagler gedacht?"

B

„Dafür bin ich zu oft besoffen!"

Blaosiegel und Fritz stoßen mit 2 Flaschen Schampus an. Unter den besoffenen Gästen löst sich ein wahrer Euphoriestrom aus als Joachim anfängt die Frauen im Takt zum genannten Song zu begatten. Der Barkeeper legt den Hörer des Telefons beiseite und versucht durch die tobende Masse Blaosiegel ans Telefon zu bekommen. Er schreit zweimal, aber keiner hört ihn. Er greift unter den Tresen, nimmt eine Schrotflinte in die Hand, schießt tollwütig in die Luft und sagt danach:

„Hab ich jetzt eure Aufmerksamkeit, ihr stockbesoffenen Strunzlumpen? Joachim Blaosiegel, sei einmal im Leben ein Mann und lass von den Gummibräuten ab die du gerade versuchst zu bumsen und kümmere dich gefälligst um deine Frau. Sie ist am Telefon!"

Lautes Buhen kommt vom gesamten Publikum während der Barkeeper mit Bierbechern beworfen wird. Blaosiegel antwortet:

B

„Sag der Schrulle sie soll innehalten bis ich mich nach Hause bequeme. Dies wird jedoch noch einige Zeit in Anspruch nehmen, denn ICH LEBE...ICH LEEBEEEEE!"

Lauter Jubel und Grölen sind zu hören! Die Meute ist vollkommen aus dem Haus!

Schuske's Uhr zeigt derweilen 21:47 an und Harribert versteht die Welt nicht mehr. Leise flüstert er sich selbst zu:

V

„ Ich glaub das alles nicht..."

Vromms steht vom Sessel auf, sieht hinter sich und erkennt dass das gesamte Gebäude bereits abgedunkelt ist. Er öffnet die Tür zu den Büroräumen und ruft:

V

„ Herr Schuske, sind sie noch da? HERR SCHUSKE?"

Er geht weiter den Gang entlang und sieht in der Ferne noch das Licht von den Toiletten brennen. Durch die dunklen Korridore hindurch ist mit zunehmender Nähe ein trübseliges Schluchzen vom Lokus wahrnehmbar:

V

„ Hallo? Ist alles in Ordnung mit ihnen?

Kann ich irgendwie helfen?....HERR SCHUSKE?"

Schuske wischt sich die Tränen aus dem Gesicht und fängt an zu räuspern. Mit zittriger Stimme sagt er:

„Oh, Herr Vromms, ich habe sie ganz und gar vergessen. Hahaha...wissen sie....ihr Kollege ist ja bereits im Feierabend jetzt und ich hab ganz furchtbar viele Bohnen mit Zwiebeln gegessen weswegen ich hier eine etwas längere Sitzung hatte.....wie unglaublich lustig, nicht wahr?"

V

„Deswegen liegen sie heulend vor der Klokabine?"

S

„Neinnein, ich weine gar nicht...es ist lediglich das... ach wissen sie.....ich habe eine furchtbare Allergie gegen.....

S

ääähhh.....
Toilettenpapier, ja tatsächlich,
hätten sie nicht gedacht, oder?"

V

„Ich sehe kein Toilettenpapier!"

„ Nun ja, ich hab ja auch eine Allergie dagegen."

47

„Verstehe...woher kommen dann die Symptome?"

„Welche Symptome?"

„Starker Tränenfluss und Dauerschluchzen?"

„Die Diarrhöe wollte nicht stoppen."

„VOR dem Klo?"

„Ich ääähhh...bin krampfend zusammengesackt und wollte mich gerade wieder auf die Schüssel begeben..... Mensch, ist das peinlich dass sie mich so sehen."

V

„Franz, ich glaube ihnen keinen Wort, aber lassen wir das. Ich werde mich jetzt nach Hause begeben in der Hoffnung morgen meinen neuen Kollegen kennenlernen zu dürfen."

S

„Bitte fahren sie vorsichtig. Sie sind mein bester Mann."

48

„Ja, das kann ich mir vorstellen. Bis morgen dann."

„Bitte melden sie sich wenn sie Zuhause angekommen sind!"

„Das werde ich sicherlich NICHT tun!"

„NOCH BIN ICH IHR VORGESETZTER!"

„Schon gut schon gut, ich schreibe eine schnelle Whattsapp Nachricht."

S

„Harribert, ich warne sie. Sie rufen mich gefälligst PERSÖNLICH an um zu gewährleisten..."

V

„BIS MORGEN!"

Vromms verlässt eilig die sanitären Anlagen. Schuske fängt erneut an zu weinen und schlägt einen der Spiegel kaputt.

Zurück im Pub. Während Blaosiegel sich gerade die Schuhe zubindet, geht seine mannskräftige Rhetorik in die nächste Runde: So sagt er zu Fritz:

B

„Meine Fresse, meine Eier sind so leergeblasen, schlimmer wie zu Ostern!"

F

„Du hast es ihnen allen gegeben, Joachim. Ich beneide dich und deine Kunst den ganzen Abend durch zu döllmern."

B

„Ich verlasse mich auf deine formidable Schnittkunst, mein Bester.
Du hast mein Schicksal in der Hand!"

F

„Vom Hauptkommissar zum Profirammler... ich sollte Rapper werden!"

B

„Leuten beim knattern zu filmen ist denke ich eher was für dich."

„Mutterficker Joe Bi....

steckt sein Stecker wie ein Row-dy!"

„Hör sofort auf mit der Scheiße!"

„Ich sehe dort großes Potenzial in mir selber.
Machst du mich berühmt wenn ich dich berühmt gemacht hab?"

„Nein!"

„Arschloch!"

Der Barkeeper schreit aus der Distanz.

„BLAOSIEGEL! Deine Frau liegt im Krankenhaus."

B

„Lebt sie noch? Welches Krankenhaus?

Was ist passiert? Warum lebt sie noch?

Gibt's dort Bier?"

„Das gleich um die Ecke, das Hospital St.Spritz!

Sie liegt in der Notaufnahme."

B

„Mir tut doch noch der Schniedel weh.

Aber gut, was macht man nicht alles?"

F

„SAG MAAAAL, das wäre Futter

für mein Youtube KANAAAAL!"

„Ich hasse dich."

F

„Emotionen, Baby.....lass gleich alles im

Krankenhaus raus. Ich sitze im Auto hinten."

B

„Du sitzt neben mir und schnallst dich bitte nicht an.

Ich fahre auch ganz langsam."

F

„Arschloch"

Turbulente Zeiten ziehen auf, als der ersehnte Feierabend mit dem Erreichen der Einfahrt Vromms´ sich nähert. Durch den starken Regen hindurch gelangt er schnell zur Haustür und öffnet diese.

V

„Liebling, ich bin Zuhause!"

Vromms schmeißt seine Schlüssel in die dafür vorgesehene Schale und hängt seinen Mantel ordnungsgemäß an den Haken. Während er langsam seine Krawatte lockert, Schuhe auszieht und sein Hemd lüftet, beginnt er weiter mit seiner Frau zu reden. Er betritt auch die Küche um sich ein Weißwein zu holen, woraufhin der ganze Monolog vor dem Fernseher auf dem Sofa endet.

V

„Du kannst dir nicht vorstellen was für ein Tag ich hatte.

Erst sollte ich dem alten Platzhirschen dienen indem ich ihm

bei einem schwierigen Fall unterstütze, dann wird dieser

erbarmungslos an Ort und Stelle gefeuert.....Unglaublich nicht

wahr? Schatz?"

Vromms schüttelt kurz ungläubig den Kopf.

„Naja, auf jeden Fall bin ich dann zurück ins Büro gefahren

um mit meinem Vorgesetzten weitere Schritte zu besprechen."

„Und dann kam mein Highlight des Tages! Haha, pass auf, das wirst du nicht glauben."

„Herr Schuske, also mein Chef, ist total schwul.

Der hat mich förmlich angebaggert, hahahaha.

Es war so peinlich. Ich hab ihn heulend auf dem Klo gefunden.

Das ist doch witzig, oder? Schatz?"

„Normalerweise massierst du mir die Schultern wenn ich mit

Weißwein vor dem Fernseher sitze.....Schatz?

BIST DU OBEN?"

Vromms stellt langsam sein Weinglas auf den Tisch und geht auf den Flur.

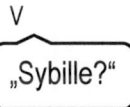

„Sybille?"

Er blickt die Stufen hinauf während ein Blitz den gesamten Flur des Hauses erhellt.

Vromms zückt seine Waffe und entsichert sie. Langsamen Schrittes geht er die Stufen zu den Schlafzimmern hinauf. Er öffnet die Schlafzimmertür seiner Tochter und sieht nichts und niemanden.

Daraufhin ist lautstark ein Zerklirren der Fensterscheiben in nebenstehenden Elternschlafzimmer zu hören, woraufhin Harribert darauf zustürmt. Doch die Tür ist verschlossen.

Mit einem gewaltigen Tritt öffnet er sie und sieht seine Frau blutüberströmt auf dem Bett liegen. Sie wurde mit mehreren Kopfschüssen hingerichtet.

Er blickt zum Fenster hinüber und sieht die eingeschlagene Scheibe. In der Distanz kann er nur noch einen Schatten wahrnehmen der sich schnell vom Grundstück weg bewegt. Schweren Hauptes wendet er sich zurück zu seiner Frau. Kurz bevor er den Tränen nahekommt, fängt er an seine Gattin nachzuahmen.

V

„Nein Harribert, ich möchte kein Schiesstraining nehmen.

Nein Harribert, ich bin gegen Gewalt.

Nein Harribert, ich bin pazifistischen Ursprungs.

WAS FÜR EINE DÄMLICHE HURE!"

Blaosiegel betritt derweil das Krankenhaus, während Fritz filmend an seiner Seite steht. Am Schritt kratzend, versucht er höflich den Aufenthaltsort seiner Frau rauszufinden indem er Schwester Gertrud an der Rezeption löchert:

B

„'Nabend, ich suche eine Frau.

Blaosiegel ihr Name, wo finde ich die?"

G

„Darf ich fragen in welchem Verhältnis

sie zu dem Patienten stehen?"

„Nein!"

„Dann darf ich ihnen auch keine Auskunft erteilen."

„Ich denke schon dass sie das

dürfen, wenn sie meine Marke sehen."

Mit einem gewohnt schlechten Kommentar bringt sich Fritz wieder ins Spiel:

F

„Der Joe der blowt Beamtenstatus, obwohl in Rente wie verranzter Kaktus!"

B

„Halt die Schnauze, Fritz!"

Schwester Gertrud erwidert:

F

„Soll das heißen dass ihre Marke nicht mehr gültig ist? Auch unter diesen Umständen bin ich sehr wohl berechtigt....."

B

„HÖR ZU HILDE!"

„WENN DIE KAMERA LÄUFT WERDEN SCHLAMPEN GEBUMST!"

„MÖCHTEST DU DIE NÄCHSTE SEIN?"

Fritz gießt weiterhin Öl ins Feuer:

> F
>
> „Das ist der blaosiegelsche Kampf-geist, den wir gewohnt sind wie die Kuh das Brand-eisen!"

> B
>
> „ICH SCHÄNDE DEINEN ARSCH, DU LAPPEN!"

Fritz versucht zu deeskalieren:

> F
>
> „Schwester Gertrud, dies ist der geliebte Ehemann der gesuchten Frau Blaosiegel. Bitte zeigen sie ein Herz und geben sie Auskunft."

Gertrud hakt nach.

> G
>
> „Sind sie wirklich der Ehemann der besagten Patientin?"

> B
>
> „Möglich wär's. Können sie mir jetzt einfach verraten wo ich denn......"

„Es ist ihm ein bisschen peinlich, Schwester. Sie müssen verstehen das bei der Verteilung der optischen Vorzüge relativ willkürlich....."

B

„GLEICH WECHSELT DIE KAMERA UND DANN WEITE ICH DICH, DU LÜMMEL!"

In leicht hektischem Ton sagt Schwester Gertrud:

G

„Zimmer 316....Intensivstation."

B

„Herzlichen Dank, Hilde!"

Fritz versucht bei der Gelegenheit gleich ein wenig Promo zu machen:

„Vielen Dank für die Auskunft, verehrte Schwester."

F

„Auf dem Weg hierher hab ich bereits ein Flyer zu meinem bevorstehenden Rapalbum skizziert, wenn sie einmal ein Blick darauf richten würden."

B

„Ich würde dich auch gerne richten."

„BEWEG DEINEN ARSCH!"

Die beiden eilen zum genannten Raum 316.

Währenddessen steht eine alte Frau an der Bushaltestelle in Stadtnähe. Es ist dunkel und regnet. Der Bus kommt langsam aus der Distanz angefahren und wird auf dem Weg zur Bushaltestelle langsamer.

Er stoppt direkt vor der alten Frau. Die Tür vorne öffnet sich, aber das Licht bleibt ausgeschaltet und der Fahrer unerkannt: Mit bescheidener Aussprache bittet die alte Dame den Busfahrer:

„Herr Busfahrer, ich bin 72 Jahre alt und nicht mehr die stärkste auf den Beinen. Können sie bitte das Licht anmachen?"

Wie gewohnt bleiben die Wünsche unerfüllt und der Fahrer reagiert nicht, während die alte Dame beginnt tattrig in den Bus einzusteigen. Auch einige direkte Worte hat die Dame parat um ihrem Anliegen Ausdruck zu verleihen:

„Sprechen sie nicht meine Sprache, junger Mann?
Sind wohl auch einer von diesen Steinzeitapachen die hier auf Holzbooten ankommen. Tragen sie überhaupt Berufskleidung?"

Die Tür schließt obwohl die Frau noch vor dem Fahrer steht. Ein Kinderlachen ist aus den hinteren Plätzen zu hören. Verwundert wendet sich die Frau wieder dem Fahrer zu und sagt:

„Ich kann sie zwar kaum sehen,
aber ich hätte gerne ein Kurzstreckenticket."

Die alte Dame legt ein 5 DM Stück auf den Tresen, doch es passiert nichts. Jedoch beginnt die Kinderstimme einige beunruhigende Dinge von sich zu geben:

„Für die Fahrt brauchst du keine Karte, Oma!

Setz dich und genieß die Fahrt!"

Die Dame richtet ihre stetig rutschende Brille nach und antwortet:

„Wer spricht denn da?"

„Hallo?"

„Warum bist du noch wach?

Hast du Jungspund denn keine Schule?"

Die alte Frau geht langsam in den Bus hinein und versucht dem wiedergekehrten Kindergelächter entgegen zu treten.

Doch hinter der alten Frau erhebt sich die schwarze Silhouette der Busbestie.

Sie dreht sich um und beginnt aus vollster Kehle zu schreien.
Während der anhaltende starke Regen nur erahnen lässt was
im Inneren des Busses vor sich geht, beginnt der Selbige
wieder vorsichtig die Fahrt aufzunehmen. Zielort Finsternis!

Wir befinden uns wieder am Tatort Vromms, welcher völlig
aufgelöst die Polizei rief. Hätte er bereits im Vorfeld gewusst
wie viele Zahnräder des Schreckens er damit in Gang setzt,
wäre er bereits mit Mantel im Türrahmen und Ruder in der
Hand, denn Lieutenant Schawatzki hat die Mordstelle betreten:

V

„Wie oft soll ich es ihnen denn noch sagen?

Ich kam nach Hause und hab sie hier hingerichtet

auf dem Bett gefunden."

„Der Täter ist aus dem Fenster geflüchtet. Sehen

sie dort hinten nicht die Scherben, Herr Schawatzki?"

Sw

„Das ist alles ziemlich dubios in meinen Augen."

„Außerdem verstehe ich die Hälfte nicht!"

„Wo waren sie zur Tatzeit?"

„Zur Tatzeit war ich arbeiten. Und was verstehen sie nicht?"

Sw

„Wer ihre Frau ermordet hat."

V

„Stellen sie sich vor...ich auch nicht. Das ist der Grund warum ich sie gerufen habe!"

„Verstehe. Als was arbeiten sie denn? So ein Haus bezahlt sich ja nicht von selbst?"

„Ich bin Privatdetektiv."

Sw

„Dann müssten sie ja eigentlich wissen wie man eiskalt Menschen ermordet, oder irre ich mich?"

„Hatte ihre Frau eine Lebensversicherung, Herr Vromms?"

V

„Was sind denn das jetzt für üble Verleumdungen?"

„Die Kugeln stecken noch in ihrem Kopf,

vergleichen sie sie mit meiner Dienstwaffe.

Hier, bitte!"

Sw

„Da muss ich erst mit meinem

Vorgesetzten sprechen."

„Worüber?"

„Ob er weiß was vorgefallen ist."

„Wie bitte?"

„Er ist schon weitaus länger in diesem

Geschäft tätig als ich, müssen sie wissen.

Ich war vorher bei Dunkin Doughnuts."

„Mir kommt gleich alles hoch!"

„Wer bitte ist ihr Vorgesetzter?

Der kriegt definitiv was zu hören!"

„Oberinspektor Schuske, er sollte

gleich hier eintreffen!"

„ WIE BITTE? DANN SIND

SIE ALSO MEIN NEUER PARTNER?!"

Die Stimmung Harribert's sinkt weiter ins Bodenlose als niemand geringeres als Blaosiegelbuddy Robert den Tatort betritt:

R

„Hallo, alle miteinander."

Harribert kann nicht mehr an sich halten und feuert drauf los:

„Sie erbärmlicher Unsympath! Wenn sie

meiner Frau auch nur ein Haar krümmen

fliegen sie gleich aus dem Fenster hinterher!"

„Ruhig Blut, Ritter im Wind."

„Wie ich sehe ist ihr das Eierlegen nicht besonders gut bekommen. All diese Schwangerschaftsstreifen...."

V

„Du dämlicher Holzkopf!"

„Nicht 1 Bild wirst du von ihr machen sonst werde ich....."

R

„Die Klappe halten."

„Du musst verstehen, Vrommsi, ich bin immer als letztes am Tatort. Und ich werde alle Möglichkeiten in Betracht ziehen den Tathergang nachzustellen. Dazu gehört halt das genaue Untersuchen des Opfers. Und wenn ich sie mir genauer betrachte ist all das Gute nach unten gerutscht. Was für unglaubliche Schenkel. Und mit dem Arsch kannst du Wände einreißen."

„Zum Glück trag ich heut enge Hosen!"

„Du widerlicher Scheißkerl,

ich werde dir aufs Maul hauen."

S

„GARNICHTS WERDEN SIE MACHEN!"

Ähnlich wie ein grauslicher Hausmeister der in der Disco das Licht ausmacht, kommt Franz Schuske zur Tür hinein und bringt „seine" Ordnung ins aufsteigende Chaos:

Hoffnungsvoll wendet sich Harribert an seinen Chef um diese Situation überhaupt begreifen zu können:

V

„Herr Schuske, bitte bringen sie

Ordnung in diese Misere! All diese

Unfähigkeit lässt mich verzweifeln!"

S

„Sie brauchen sich um nichts zu sorgen,

verehrter Kollege Vromms. Ab dem heutigen

Tag sind sie für 6 Monate suspendiert!"

„ICH BIN WAS?"

„Ganz recht. Sehen sie.....als Vorzeigekommissar ist es ihre PFLICHT mir gegenüber loyal und vertrauenswürdig zu sein."

„Ich habe sie nur um einen einzigen Gefallen gebeten, dass sie sich sofort nach Ankunft bei ihnen Zuhause bei mir melden."

Schuske legt seine Hand ins Gesicht und wischt sich eine Träne weg.

„Sie hatten eine Aufgabe, Harribert."

„EINE AUFGABE!"

„Mit Rotwein saß ich vor dem Kamin und konnte nicht schlafen."

„Sie haben mein Vertrauen missbraucht!"

Mit weit geöffnetem Mund steht Vromms sprachlos mitten im
Raum. Schuske geht schweigend im Zimmer einige Schritte auf
und ab und sagt nach einem tiefen Schluchzer:

S

„Herr Schawatzki. Bitte nehmen sie ihren
ehemaligen Kollegen fest. Er ist dringend tatverdächtig!"

V

„ICH BIN WAS?"

„Meine Frau ist tot, du Pickel!"

„Und solange wir nicht wissen was
vorgefallen ist, sind sie in Untersuchungshaft."

„Die Beamtenbeleidigung hab ich bereits notiert!"

„Ist es weil ich nicht den Arsch
hingehalten habe? Sind all diese
Mythen die ich hörte eventuell doch wahr?
Sie sind nichts weiter als ein Keulenkasper?"

„Schawatzki, führen sie ihn ab!"

V

„Ja, Schawatzki, führen sie mich ab.

Am besten sie legen mir auch noch

Handschellen an während sie mich

in den Arsch pimpern."

„Wie oft hat es ihnen Schuske schon besorgt?"

Schuske stellt sich schützend davor und sagt:

S

„Sehen sie was passiert ist?"

„Sie erigieren wenn sie mich gefesselt sehen?"

„Genau das meine ich.

Sie klingen schon wie „Er!"

„Vielleicht der Einzige der uns noch retten kann!"

Wieder befinden wir uns im Krankenhaus wo Blaosiegel die Tür der Intensivstation aufreißt um sich darin umzusehen.

Die vollbusig, blonde Krankenschwester Mechthild stellt sich schützend vor ihre Patienten und sagt im flüsternden Befehlston:

Me

„Ich darf doch um Ruhe bitten!

Dürfte ich fragen wer sie sind?"

„Blaosiegel!"

„Ihre Frau liegt dort hinten!"

„Was ist überhaupt passiert?

Ich hab noch Muskelkater vom

bumsen und dann wird man mit

so einer Nachricht überrascht!"

„Wir wissen nicht wirklich was vorgefallen ist.

Ihre Nachbarn haben laute Schreie vernommen

und haben dann die Polizei gerufen."

Me

„Sie haben die Tür aufgebrochen und fanden ihre Frau schwer verletzt und bewusstlos auf dem Sofa."

Gewohnt geschmacklos kommentiert Fritz:

F

„Na, zum Glück hast du sie zum Zeitpunkts des Überfalls mit mehreren Schlampen betrogen!"

B

„Ich bin mir sicher das die Mädels für mich aussagen werden, sofern sie sich noch an Daddy Dampfhammer erinnern!"

Mit einer an der Tankstelle besorgten Fußballtröte grölen die beiden animalisch herum und klatschen sich in die Hände. Doch die einst ehrgeizige Mechthild geht bei den beiden auf Schnupperkurs:

„Wegen den Verletzungen müssen sie mit dem Oberarzt Dr. Svensson sprechen. Sagen sie, drehen sie dort eine Doku?"

73

B

„So ungefähr, der Kloppskopp dreht für seinen trotteligen Youtube Kanal eine neue Serie mit dem Namen „Mit Herz und Poperze" und ich bin sein Hauptdarsteller."

Me

„Wie spannend! Pietätslose Männer in Mänteln. Das gefällt mir!"

Fritz wittert wieder mehrere Clicks und fragt:

„Joachim, soll ich den Corny Texture Filter installieren?"

„Ich bitte darum!"

Wir befinden uns wieder im Büro, wo Vromms sich hinter den selbstgebastelten schwedischen Gardinen Schuske´s befindet. Völlig aufgelöst, aber auch wutentbrannt, schreit er auf Schuske ein:

V

„Du Arschbaron, lass mich gefälligst raus um den Killer meiner Frau zu suchen!"

„Oder beweg zumindest deine gepuderte Nülle um den Buskiller zu fassen."

„Du hast doch das Nummernschild."

„MACH WAS DAMIT!"

S

„Harribert, ich glaube sie erkennen den Ernst der Lage nicht. Sie haben meine Gefühle verletzt!"

„Was zur Hölle ist dein Problem? Mach dich nützlich und such zumindest meine Tochter!"

„Ich habe bereits ihre Vertretung Herrn Schawatzki auf diesen Fall angesetzt."

„DIESE RUMMSMURMEL?

DER FRISST DOCH SEINE EIGENEN POPEL!"

S

„Dies ist nicht mehr ihr Problem, Harribert."

„Alles was jetzt wichtig ist, ist die

Beziehung zwischen uns beiden.

Und jetzt frage ich sie..."

„Haben sie eine Idee diesen

schweren Fehler wieder gutzumachen?"

V

„Mit ´nem Stück Kuchen und

´ner Ganzkörperbesamung?"

„WAS IST DEIN PROBLEM?".

„Mach sofort die Tür auf um zu

retten was noch zu retten ist!"

S

„Wie ich sehe sind sie uneinsichtig. Ich werde sie nun alleine lassen damit sie in Ruhe darüber nachdenken können."

V

„Ich mach dich fertig, du Strolch!"

S

„Hoffen wir´s!"

Szenenwechsel in die Gerichtsmedizin, wo Robert die alte ermordete Frau aus dem Bus obduziert. Stärkend an seiner Seite, der emotional intelligente Ellandrio Schawatzki:

R

„Normalweise liebe ich meinen Job."

„Elfriede Flunnsen, 72, mehrere Hämatome in der Rückengegend und im Abdominal Bereich die dazu führten das..."

Sw

„Sie hat was und wo?"

„Lassen sie mich ausreden."

„Trotz ihres hohen Alters ist nicht davon auszugehen

das diese "Blauen Flecke" für ihr Ableben verantwortlich sind."

R

„Sie ist lediglich dadurch zu Boden gegangen und wurde dort

durch mehrere Quetschungen in der Hals - und Stirngegend

regelrecht hingerichtet. Mehrere Reifenspuren eines

Spielzeugs sind zu erkennen"

„Noch zu beachten ist

die postmortale Zerhackstückelung

ihrer Extremitäten. Guck dir das an!

Die wabert hier rum wie ´ne Amöbe."

Sw

„Das ist alles sehr schwer verdaulich für mich."

„Und außerdem hab ich keine Ahnung

was sie gerade gesagt haben."

„Das versteh ich alles nicht."

„Wo drückt der Schlüpper, Schwatzi?"

Sw

„Warum ist die Frau denn jetzt gestorben? Wegen dem hohen Alter?"

„Nein."

„Sondern?"

„Ihr wurde mit Matchbox Hals und Fontanelle geschrottet, hab ich doch gesagt."

„Warum?"

„Keine Ahnung, ich hatte noch nicht die Gelegenheit den Killer dazu zu befragen."

„Das ist ja höchst interessant.

Und wann gedenken sie das zu tun?"

„Sobald sie ihn gefasst haben."

Sw

„Aber ich weiß doch gar nicht wer es ist."

R

„Es ist ja auch ihre Aufgabe das herauszufinden!"

„Ich glaube sie gehen mir absichtlich aus dem Weg und

stecken mit dem Killer unter einer Decke."

„Sie versuchen alles zu vertuschen.

Sonst würden sie mir sagen wer es ist."

R

„Auch ein interessanter Ermittlungsansatz, aber nein.

Ich steh hier nur rum und guck mir die Opfer an,

mal mit mal ohne Ständer."

„Sie lenken immer vom Thema ab und machen sich somit dringend tatverdächtig."

„Ich bin gezwungen sie festzunehmen."

R

„Als Beihilfe oder als Hauptverdächtiger?"

Sw

„Ich kenne den Unterschied nicht, aber erstmal sind die festgenommen. Ich werde ihnen nun Handschellen anlegen."

R

„Sehr gerne. Darf ich mir jedoch im Vorfeld erstmal die Hände waschen? Die sind noch voller Blut!"

„AHA! Da haben wir´s doch! Das war doch ein indirektes Eingeständnis, wenn ich das richtig verstanden habe."

„Aber sicher haben sie das! Oh Nein! Hab mich verplappert! Ihrer Spürnase entgeht aber auch nichts!"

„Hihihihihi"

Auch im Auto mit gefesselten Händen, lässt sich Robert die Scharade nicht entgehen und lässt den Horizont Schawatzki's wie eine Teppichkante aussehen:

Sw

„Herr Schuske wird sowas von stolz sein wenn er sieht dass ich den Buskiller im Alleingang festgenommen habe."

R

„Mensch, jetzt bin ich schon Serienkiller. Das ist aber ein herber Aufstieg innerhalb kürzester Zeit."

„Sagen sie, Schwatzi, welche Beweise haben sie eigentlich dafür?"

„Ihr Geständnis."

„Und das Blut an ihren Händen!"

„Was kann ich schon gegen Polumbo ausrichten.

Sie sind mir in allen Belangen überlegen!"

„Hihihihi"

Sw

„Der Crashkurs zur Strafermittlung bei Herrn

Schuske hat wahre Wunder bewirkt!"

R

„Das kann ich mir gut vorstellen,

so schnell wie sie mich dingfest gemacht haben!"

„Sagen sie, gab´s auch Nachhilfeunterricht?"

„Nein, ich habe mir immer alles vorbildlich aufgeschrieben und gespeichert."

„Herr Schuske hat mir manchmal sogar Kekse gebacken, wenn ich ganz doll fleißig war."

„Hihihihi."

„Mensch, seid ihr beiden aber süß! Wo geht´s in die Flitterwochen hin?"

„In die was?"

„Was meinen sie damit?"

„War das eine Beamtenbeleidigung?"

R

„Das war lediglich eine Frage, Schwatzi!"

„Sag mal, was meinst du was die mir aufbrummen? Ich bin ja schon recht gefährlich!"

„Das kann ich nicht beantworten."

„Herr Schuske wird das Verhör übernehmen
und ihnen weitere Fragen stellen."

„Danach werden sie dem Haftrichter vorgeführt."

„Verstehe! Vergiss aber nicht das
mir ein Telefonat freisteht."

Sw

„Ist das so? Nun denn, wenn sie versuchen
mich zu betrügen werde ich aber böse werden.

R

„Das wollen wir natürlich nicht."

„Sieh mal, wir sind bereits da, Cockjak!"

Zur selben Zeit knattert Blaosiegel im Krankenhaus die
Schwester auf einem der Krankenbetten durch!

B

„Hähähähä."

„Scheißt wohl auf die Belange

der Patienten wenn du gebumst wirst, was?"

„Du willige Schlampe!"

Me

„SELTEN WURD ICH SO HART GEVÖGELT!"

Und so passiert was passieren muss. Während Fritz die
Szenerie live ins Internet überträgt, beginnt er wieder
zu....reden:

F

„Dies wird ein Meilenstein, Joachim.

Gib ihr alles und mehr. Der Hüftschwung

der Granit wegbricht, sie liebt ihn so sehr!"

Blaosiegel bricht sein Treiben ab und Mechthild fragt traurig:

„Warum hörst du auf, Liebster?"

B

„Bei diesen verbalen Flatulenzen

von dem Idioten kann niemand standhaft bleiben!"

„FRITZ, DU PISSENTE!"

F

„Es tut mir leid Joe, das ist die Lyrik in mir.

Sei mir nicht böse und wir trinken ein Bier."

B

„Ich schieb dir deine Reime in den Allerwertesten!

Dort hast du Mistkerl es am begehrtesten!"

F

„EIN DUO?.............Welch ein Potenzial!"

B

„Du bist so grenzkacke, nicht in Worte zu fassen.

Ich zieh mich jetzt an. Meine Flöte wird kalt."

Gerade als Joachim sich die Unterbuchse hochzieht, bemerkt
Mechthild das seine Frau Marta wieder zu sich kommt.

Me

„Deine Frau wird grad wach."

B

„Sehr gut, dann kann ich sie endlich befragen."

„Pack deine Tüten ein, Heidi! Man muss ja nicht mit ´nem Panzer ins Haus fahren."

Die beiden ziehen sich in Windeseile an um keinen Verdacht zu erregen. Doch Fritz sieht völlig illusioniert aus dem Fenster und sagt:

„EIN DUO?"

F

„Ich muss mir dringend ein Namen einfallen lassen!"

B

„Tu das, du Schwanzbarde.

Meine Güte, ich hasse dich"

„MEIN SCHATZ, WAS IST DENN PASSIERT?"

Marta erwacht mit zittriger Stimme.

M

„Joachim, bist du das?

Wo bin ich denn?

Was ist passiert?"

B

„Man hat dich schwer verletzt auf dem

Sofa gefunden. Weißt du wo der Junge hin ist?"

M

„Ich kann mich an Garnichts erinnern, Joachim?

Ich weiß nur dass ich draußen die Blumen gießen

wollte und dann.....warte einen Moment..."

B

„Was? Woran erinnerst du dich?

Sag schon schnell. Was hast du gesehen?"

M

„Ich erinnere mich nur schwammig...

aber als ich da im Garten stand.....Ja genau.....

da hat ein Bus angehalten.....Mehr weiß ich leider nicht mehr."

„Das ist alles was ich wissen musste."

„Die Busbestie hat also wieder zugeschlagen."

„Schuske, der Rosettenschlemmer, hat also

immer noch keinen Plan, dieser Vollhorst!"

Die aufsteigende Dramaturgie wird im Keim erstickt als Fritz
sich mal wieder zu Wort meldet und damit ungewollt Mechthild
imponiert:

F

„Das wird jetzt grad richtig dramatisch, Leute!

Spürt ihr die Elektrizität in der Luft? Herrlich!"

Me

„Ich find dich total lustig, Fritz!"

F

„Vergiss es. Der Überficker aller Schlampenzerpflücker

steht dort drüben. Ich bin Kameramann,

Schnitttechnikgenie und Profirapper.

Mein Schwanz bleibt in der Hose!"

„Zu schade!"

„Hure!"

Marta schaltet sich mit der Befürchtung ein:

M

„Joachim...ich glaube ich verliere

wieder das Bewusstsein...."

B

„Das stimmt, meine Gute. Ich habe das Zeug

an dem du hängst wieder aufgedreht.

Du musst dich schließlich ausruhen, nicht wahr Fritz?"

F

„Du bist so fürsorgevoll, Joachim."

„Ich glaube ich spüre einen geringen

Tränenfluss in meiner Iris."

B

„Ab diesem Zeitpunkt lässt du ausnahmslos die Kamera sprechen, Fritz. Erlebe die Performance meines Lebens bevor ich mich wieder der Verbrechensbekämpfung widme."

„Heidi, hol das Holz aus der Hütte!"

Gesagt, getan. Doch als Joachim sein Hosenstall öffnet entfleucht Fritz folgendes:

F

„Was hältst vom Namen 2 Cool?"

„Was willst du?"

„Unsere Rappernamen...du weißt doch."

B

„Ach so...gab's schon. Und du bist immer noch ein Kackspecht."

F

„Mist"

Des einen Freud, des anderen Leid. So läuft Vromms in seiner Zelle auf und ab und redet mit flüsternder Stimme:

„Dieser vollgedröhnte Homolappen."

„Wenn ich hier rauskomme werde ich ihm die Arschhaare einzeln zupfen."

„Aber wahrscheinlich würde ihm das noch gefallen."

„Ekelhafter, speichelleckender, Männerarsch anbetender Widerling. Ich werde ihm in sein Gesicht kotzen und ihm sein Gemächt rot anmalen damit ein Stier reinläuft. Oder 'ne Freikarte für 'ne Frauensauna schenken oder einfach mit 'nem Panzer überfahren..."

Schuske betritt den Raum. Voller Stolz stellt er sich vor den Käfig von Vromms und fragt:

S

„Haben sie sich ein wenig beruhigt?"

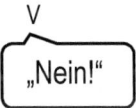

V

„Nein!"

„Ich verstehe zu gut was sie durchmachen müssen, Harribert."

„Aber es gibt gewisse Dinge die liegen einfach nicht in ihrer Macht."

„Meinen sie ihre Vollmacke?"

„Stimmt, das liegt wirklich nicht in meiner Macht."

Schuske nimmt seine Brille ab und wischt sich durchs Gesicht. In tief erschütterndem Ton fängt er an seine schwierige Vergangenheit aufzuwühlen:

S

„Damals...lange Zeit bevor ich das Amt annahm...... war ich im Krieg, müssen sie wissen."

„Nicht auf irgendeinem Schlachtfeld, nein.

Sondern mit mir selber, Harribert."

„Ich wollte nicht akzeptieren wer ich wirklich war,

verstehen sie?.. In meiner Kindheit......

Mein Vater hat immer nur versucht zu verhindern..."

Schuske beginnt in Tränen auszubrechen.

„Er nannte es dominante Erziehung......

meine Mutter filmte alles während ich mich.....

hingab......Und ich musste es mir selbst

ansehen.....während ich Bohnensuppe aß....."

Schuske erhebt sich gelöst vom Hocker, und der Pager beginnt
zu piepen.

S

„Mein geschätzter Kollege Vromms,

es werden bessere Zeiten aufkommen."

„Laut meinem neuen Topagenten Schawatzki ist der Buskiller bereits gefasst und auf dem Weg hierher."

V

„Na herrlich, wie soll ich das denn verstehen? Wo will er den denn jetzt so schnell aufgespürt haben? Der ist zu blöd zum Blumen gießen!"

„Notiert!"

„Notier dir was du willst, du Dickdarmmaestro!"

„In spätestens 24 Stunden werde ich hier draußen sein und dann wirst du was erleben!"

S

„Mein geschätzter Kollege Vromms, die Frage ist lediglich ob mit oder ohne Zuckerhut?"

„Sie müssen verstehen das ich zu gewissen Fantasien neige. Diese Fantasien beinhalten, wie sollte es anders sein, sie. Und während ich in meinen Fantasien schwelge, beginne ich mich auch zu berühren. Verstehen sie das?"

„Es gibt 2 Varianten die mir immer und immer wieder alles erregbare abverlangen. Und die wäre zum einen das sie mich dominieren..."

V

„Oh, das werde ich, du Unterhosenclown."

„Nichts und niemand wird mich aufhalten können wenn ich dir den Arsch aufreiße."

Schuske leckt sich die Lippen und seine Brille beschlägt.
Er fährt in seiner Widerlichkeit fort:

S

„Die 2 Variante besteht darin, nun ja, wie soll ich sagen?"

„Ich möchte es ihnen an einem
Beispiel begreiflich machen."

„Verehrter Herr Schawatzki,
bringen sie den Verdächtigen rein."

Sw

„Hihihihi, hier ist er Chef.
Darf ich mir nun eine Milchschnitte holen?"

„Ganz recht, mein bester Mann."

Schuske kneift Schawatzki in den Arsch. Dieser verlässt den
Raum um den Wahnsinn Schuske´s freien Lauf zu lassen.
Mit einem hämischen Grinsen setzt sich Robert auf den Stuhl
vor der Zelle und möchte, leicht gereizt, wieder entfesselt
werden:

R

„Das war alles ganz toll witzig, Chefchen."

„Hören sie, der Kerl ist noch grün und ich hab auch nix dagegen das er ein Pfosten ist. Aber nehmen sie mir jetzt endlich die Handschellen ab?"

Schuske erwidert:

„Herr Brüsketti, sie sind mir schon lange ein Dorn im Auge und vertraut hab ich ihnen auch niemals."

„Es wird ihnen also eventuell nicht schwerfallen zu begreifen das ich meinen neuen Topmann Herrn Schawatzki in seiner Recherche unterstützen werde."

„SIE WERDEN WAS?"

„Ganz recht, sehen sie, sie sind nicht nur dringend tatverdächtig, nein. Sie dienen auch einem viel höheren Zweck."

R

„Ah ja, und der wäre? Bin ich gefeuert oder darf ich ihren Dark Room putzen?"

S

„Weder noch, sehen sie, dort drüben ist ein ehemaliger Kollege von ihnen. Sie kennen ihn sicherlich noch?"

R

„Vrommsi, alter Haudegen, was machst du denn dahinter? Ach warte.....du hast ihm keinen geblasen, stimmt´s?"

V

„Ne, ich liebe Pflaumen!"

R

„Kann ich nachvollziehen. Ach übrigens, die Auswertung des Mordes deiner Frau hab ich fertig und kann den Tathergang absolut wiederherstellen."

V

„SPUCKS SOFORT AUS! WAS IST PASSIERT?"

R

„Es sieht also ganz danach aus als ob...“

Wie einem kleinen Kind das man den Lolli wegnimmt, schreit
Schuske in die Konversation und stampft dabei auf den Boden:

S

„NEBENSÄCHLICH!“

V

„Du stockschwule Bardame, hier geht´s um den Mord meiner

Frau und nicht um deine perversen Gelüste, du Arschfürst!

„Das reicht endgültig!“

Schuske zieht einen Elektroschocker aus der Tasche und hält
ihn an die Gitterstäbe. Vromms vibriert mehrere Sekunden wie
ein Zitteraal und bekommt alles danach Gebotene nur
verschwommen und in Trance mit:

S

„Nun denn, während sie dort in ihrem

Delirium liegen, mein verehrter Kollege Vromms,

möchte ich ihnen nun zeigen was passiert wenn

Variante 1 nicht zustande kommt:“

Schuske schmeißt Robert auf den Boden und beginnt ihn nach allen Regeln der vietnamesischen Kriegskunst zu vergewaltigen:

S

„Ich werd´s dir sowas von geben, du Ferkel"

R

„Fass mich an und ich werde..."

„NEEEEEEIIIIIIIINNNNNNNNNN"

Im Krankenhaus ist derweil eine wahre Orgie beendet worden. Blaosiegel schließt seinen Hosenstall mit den Worten:

„Ich brauch Urlaub!"

F

„Unglaublich, Joachim. Du hast eine Ausdauer wie ein afrikanischer Sklave. Und wie sie sich fast an deiner Soße verschluckt hat. Vielleicht solltest du Feuerwehrmann werden."

Das abermals wilde Gelächter macht den charismatischen Dr. Svensson auf die Intensivstation aufmerksam, welcher entrüstet den Raum betritt und Schwester Mechthild nur knapp bekleidet in Unterwäsche vorfindet.

Mit einer ruckartigen Bewegung schwingt er sein mittellanges Haar über die Schulter und sagt:

Dr.

„Schwester Mechthild, ich bin verwundert dass sie mich, neben ihren 2 Ehepartnern, noch mit jemand anderes betrügen. Sie sind entlassen!"

B

„Scheint ein wirklich fähiger Mann zu sein!"

„Fritz, sag mal, was wollte ich doch gleich nochmal machen nachdem ich Teresa abserviert habe?"

F

„Du wolltest back 2 the roots, mein Bester. Mal ordentlich auf'n Tisch hauen in dem Sauhaufen der dich so schlecht behandelt hat!"

B

„Genau so war´s! Ach Berta, falls meine Frau wieder aufwacht, grüßen sie sie schön von mir."

Me

„Ja, mein Bester. Sag, kommst du denn nochmal wieder?"

„Da bin ich mir sicher, aber bestimmt nicht in dir."

Blaosiegel und Fritz klatschen sich erneut in die Hände. Mechthild kann nicht glauben was sie hört und sagt:

„Das glaub ich ja nicht. Du bist also auch nur einer von diesen Playboys die denken sich alles rausnehmen zu können. Viel Geld verdienen, sich durch sämtliche Clubs bumsen, saufen, ein Herz nach dem anderen brechen um sich dann zu verpissen wenn er das hatte was er wollte?"

„Exakt!"

„Ich liebe deine Ehrlichkeit,
darf ich bitte mit dir kommen?"

„Solange du mir nicht auf die Nerven gehst
und mir mein Spotlight wegnimmst,
kannst du mir die Palme wedeln."

Fritz kann die Scheine schon riechen:

„Eine Romanze. Ich glaube mein Kanal wird
explodieren wenn ich sämtliche Genres
miteinander kombiniere."

„Eher nicht!"

„Warum?"

„Du bist immer noch ein Eumel!"

Mechthild schaltet sich ein:

„Ich find euch beide total charmant."

B

„Deine guten Argumente sitzen woanders und jetzt halt die Lippen still. Die werden woanders gebraucht."

„Fritz......Beleuchtung während ich den Raum verlasse. Und vergiss nicht den ganzen Kram per Slow Motion rüberzubringen!"

F

„Es ist MEIN Kanal, Joachim."

„Ich werde den Mist unwiderstehlich machen."

Wir befinden uns auf dem Wochenmarkt, wo sich mehrere Trauben versammelt haben um sich um die Stände herum lautstark zu unterhalten. Aus der Entfernung ist lautes Hupen zu hören das sich immer weiter nähert. Die meisten der Gäste machen einen langen Hals um ihre Neugier zu entfalten. Jedoch zum Grauen aller Beteiligten kommt ein Bus, ohne

Nummernschild, mit großer Geschwindigkeit auf die Menge zugerast.

Lautes Geschrei sticht empor als der Bus auf die ersten Stände aufprallt. An einem Wurstwagen für bayerische Spezialitäten bleibt der Bus plötzlich stehen und beginnt Feuer zu fangen.

Ein unbekannter Mann mittleren Alters entsteigt brennend dem Bus, bleibt ansonsten aber regungslos. Der Bayer springt aus seinem Wurstwagen und löscht den Mann mit einem Feuerlöscher.

Der angerichtete Schaden scheint immens. Mehrere Leichen pflastern den Weg bis hin zum Wurstwagen des opulenten Bayers.

Zurück im Gefängnis, wo der traumatisierte Robert jetzt ebenfalls in der Zelle bei Vromms sitzt. Verzweifelte Versuche Harribert´s mit Robert Kontakt aufzunehmen misslingen. Doch er gibt nicht auf.

V

„Robert, Robert wach auf und erzähl deine Geschichte, verdammt."

„Ich werde diesem Perversling dermaßen den Marsch blasen wenn ich hier raus bin."

Schuske betritt mit mehreren Knutschflecken am Hals den
Vorraum und sagt:

S

„Harribert, vielleicht erkennen sie jetzt

den Ernst der Lage indem sie sich befinden.

Diesen Verfall neben sich haben sie,

und nur ganz allein sie, zu verantworten."

V

„Einen Scheiß habe ich.

Ich werde dich bei lebendigem Leib häuten!"

S

„Sie verstehen nach wie vor nicht, Harribert.

Ich möchte dass die diesen ganzen Zorn in sich

sexuell ausdrücken...... an mir.

Ich möchte dass sie mich bestrafen, Harribert."

Schuske beginnt sich unter den Pullover zu fassen und sich an
den Nippeln zu zwicken.

S

„Wie sie sehen war ich sehr ungezogen."

„Ich habe dringlichst eine Bestrafung verdient, oder etwa nicht?

Ich werde aber nicht mehr lange auf eine Antwort warten

können, mein verehrter Kollege Vromms.

Meine Geduld zeigt sich langsam erschöpft."

V

„Ich werde dich an den Eiern aufhängen und wie ein Schwein

ausbluten lassen, du perverser Pimmelkobold."

S

„Noch bis morgen haben sie Zeit zum Nachdenken.

Entscheiden sie weise. Ich denke an sie."

Schuske kommt dem eingesperrten Vromms gefährlich nahe
und leckt an den Gitterstäben. Schawatzki kommt mit
zerfleddertem Hemd in den Raum gestürmt und sagt:

„Franz, ein weiterer Angriff hat auf

dem Wochenmarkt stattgefunden.

Ein Bus ist in die Menschenmenge gerast."

Wie ein verwilderter Pavian schlägt Vromms auf die Gitterstäbe
ein und erwidert:

V

„Ihr Tunten, lasst mich hier raus

und meinen Job machen. Wir sind wohl

unschuldig wie ihr seht."

Schuske bemüht sich nicht auf Vromms Kommentar
einzugehen und denkt weiter nur mit dem Schwanz.

S

„Wir werden sofort dort hinfahren, mein Bester."

„Jedoch ist mein Bremspedal leicht beschädigt.

Sie müssen im Auto also unter mir Platz nehmen

um Sicherheit zu gewährleisten."

Sw

„Aber natürlich, was tut man nicht alles

für den weltbesten Chef.

Ich warte schon mal im Wagen."

Schuske zwinkert Schawatzki zu und verlässt nach ihm
ebenfalls den Raum. Vromms beginnt verzweifelt an Robert zu
schütteln und spricht zu ihm:

V

„Wach endlich auf, du dämliches Arschloch.

Wenn wir hier rauskommen kannst du

ihm die Backen durchsieben."

Robert beginnt regungslos zu sabbern. Vromms spricht
weiterhin zu sich selber.

„Verdammt......wie zur Hölle komm ich hier raus?

Robert, sag, hast du....?"

Vromms beginnt den sabbernden Körper Roberts zu
durchsuchen.

„Zigaretten, Einweghandschuhe....ok.....

eine Großpackung XXL Kondome....

das hätteste wohl gerne, ahhhhh.....ein Handy!"

Aufgeregt beginnt Vromms die Kontaktliste zu durchstöbern.

V

„Soooo...was haben wir denn da?

Alfons, Bruder, Detlef, Emil, Mama,

Sergei,.....JJJJJ...Ahhh, Joe Blow...das wird er sein!"

Wieder zurück am Wochenmarkt, steigen Schuske und Schawatzki aus dem Auto aus und begutachten die Sachlage des qualmenden Infernos. Ein stramm kräftiger Polizist stellt sich des Weges und bittet um Ausweisung der Penispolente:

P

„Halthalthalt, nicht so vorschnell!

Wer sind sie und was wollen sie hier?"

S

„Privatdetektei Schuske, hier ist meine Marke."

P

Ahja, Petrolia, Kripo. Sagen sie,

seit wann bequemen sie ihren eigenen

Arsch aus dem Hause? Ich kenne nur

ihren besten Mann Blaosiegel. Unglaublich

fähiger Mann. Wo isser hin?"

S

„Ich war gezwungen ihn frühzeitig in Rente zu schicken."

„Solch fremdschämartiges
Verhalten ist nicht verantwortungswürdig."

„Mein neues Aushängeschild ist Herr Schawatzki!"

P

„Grober Fehler, Hämmer hätte das niemals zugelassen.

Trotzdem, Hallo Schawatzki, sagen sie,

haben sie da was am Bart kleben?"

Sw

„Oh, vielen Dank für den Hinweis.

Herr Schuske war wohl mal wieder..."

Mit Eile und leichter Panik huscht Schuske dazwischen:

S

„Zuckerguss!"

„Wir kommen grad vom Krapfen Essen!"

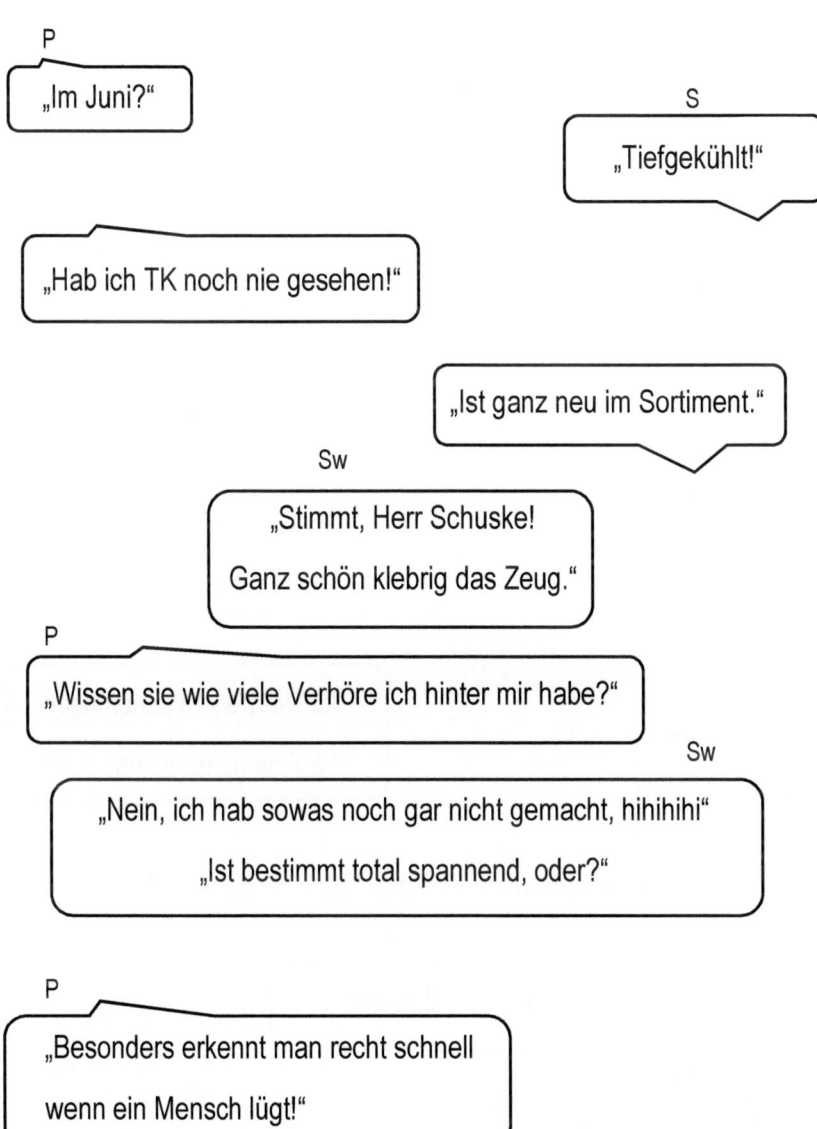

P

„Im Juni?"

S

„Tiefgekühlt!"

„Hab ich TK noch nie gesehen!"

„Ist ganz neu im Sortiment."

Sw

„Stimmt, Herr Schuske!
Ganz schön klebrig das Zeug."

P

„Wissen sie wie viele Verhöre ich hinter mir habe?"

Sw

„Nein, ich hab sowas noch gar nicht gemacht, hihihihi"
„Ist bestimmt total spannend, oder?"

P

„Besonders erkennt man recht schnell
wenn ein Mensch lügt!"

Sw

„Was wollen sie denn damit andeuten?

War das eine Beamtenbeleidigung?

Im Notfall werde ich sie verhaften, wenn es sein muss."

S

„Ganz ruhig, Schatz.....

äääähhh....Schawatzki"

„Er ist noch ein wenig impulsiv

was das angeht, Herr Petrolia!"

"Ich werde ihm schon noch

die Flötentöne beibringen."

Schuske piekt Schawatzki in die Seite.

Sw

„Hihihihihi"

P

„Ekelhaft, aber egal."

P

„Der Bus kam mit ungefähr 180 km/h um die Ecke dort hinten gebraust und hat die Hälfte der Stände hier umgenietet. 17 Tote, mehrere Verletzte."

S

„Gab´s Zeugen?"

„Mehrere, wir haben sogar den Fahrer festnehmen können."

„Er sitzt dort hinten leicht angekokelt. Er hat aber noch kein Ton von sich gegeben. Er brannte und wurde vom bayerischen Wurstmann gelöscht."

„Ok, wir schauen uns mal um."

„Tut was ihr nicht lassen könnt. Aber hey, lasst die Pfoten bei euch. Sonst denkt noch jemand ihr gehört zu meinem Team."

116

Sw

„Was meint er damit, Chef?"

S

„Garnichts, war nur ein Scherz.

Tun sie mir einen Gefallen und befragen

sie die Leute was sie gesehen haben.

Ich befrage den Bayer!"

„Ok."

Schawatzki geht direkt auf die Busbestie zu und stellt
saudämliche Fragen:

„Hallo. Bist du derjenige der das gemacht hat?

Du siehst total traurig aus. Was ist passiert?"

Die Busbestie schweigt.

„Sie wollen also nicht mit mir reden?

Das macht sie natürlich dringend tatverdächtig."

„Ich bin gezwungen sie festzunehmen."

Aus der Entfernung ahnt Petrolia Böses und kommt hastigen Schrittes zu dem außergewöhnlichen Verhör dazu:

P

„Was machen sie denn da?"

Sw

„Ich nehme einen Tatverdächtigen fest."

P

„Sehen sie die Handschellen an seinen Gelenken?

Er ist bereits festgenommen. Mehrere Augenzeugen

haben seine Schuld bestätigt."

„Und warum verhören sie den

Schuldigen nicht um herauszufinden

was passiert ist?"

„Weil er nicht mit uns redet,

hab ich aber schon gesagt, du Knatterkasper.

Außerdem werden Verhöre im Revier gemacht."

„Vielleicht waren sie einfach unfreundlich zu ihm.

Wenn Franz mich anschreit werde ich

auch immer schnell muffelig."

P

„Und du bist sicher dass

du kein Gärtner bist?"

Sw

„Ja, aber ich mag total gerne Primeln."

„Das reicht, Petrolia an Zentrale?"

Z

„Zentrale spricht, was los Magnus?"

„Unbefugte haben meinen Tatort betreten.

Erbitte Verstärkung um Beseitigung der Gefahr."

Z

„Auf dem Weg....over!"

119

Schawatzki fragt entsetzt:

Sw

„Was machen sie denn da?"

P

„Nägel mit Köpfen!"

Sw

„Wenn sie sich weigern mit uns zu kooperieren,

stehen sie der Verbrechensbekämpfung im Wege.

Dann muss ich sie in Haft nehmen."

Schawatzki zückt seine Handschellen.

„Geh deine Fesselspiele mit deinem Mathelehrer

ausüben und verpiss dich von meinem Tatort.

Sonst wird´s ganz schnell unangenehm!"

Sw

„Haben sie mir gerade gedroht?"

Petrolia wendet sich von Schawatzki ab und versucht Schuske
aus der Distanz anzuschreien:

P

„SCHUSKE, NEHMEN SIE IHREN MASSAGEKNABEN AN

DIE HAND UND VERKRÜMELN SIE SICH VON HIER, ICH

KANN SONST NICHT..."

PENG

Schawatzki zückt seine Waffe und schießt Petrolia nieder. Er erwischt ihm aufgrund geringer Erfahrung an der Schulter. Schuske rennt wie ein Bekloppter zum Geschehen um zu retten was noch zu retten ist.

S

„HERR SCHAWATZKI,

WAS HABEN SIE GETAN?"

Schwer verletzt antwortet Petrolia:

P

„Der Flappenhans hat mich angeschossen!

Das mach ich publik und reiße euch beiden den Arsch auf!"

Sw

„Er steckt mit dem Killer unter einer Decke.

ICH WEISS ES!"

S

„SCHEISSE! Ok, knebeln und fesseln sie ihn
und schmeißen sie ihn in unser Auto.
Er kommt zu Vromms in die Zelle bis wir
wissen wie wir weiter verfahren."

Sw

„Ja, Chef!"

Stümperhaft verbindet Schawatzki Petrolia die Hände und
schiebt ihm eine seiner miefenden Socken in den Mund.

Dann legt er Petrolia auf die Rückbank des Wagens. Die
beiden steigen hinzu und es passiert was passieren musste.
Zumindest wenn man mit einem debilen
Verbrechensbekämpfer argumentiert:

S

„Schawatzki, was ist bloß in sie gefahren?
„Wissen sie eigentlich wen sie da angeschossen haben?"

Sw

„Einen Tatverdächtigen?"

„Das ist eins der höchsten Tiere im Kriminalamt.

Wir stecken in jeder Menge Scheiße!"

Sw

„Das tut mir entsetzlich leid,

aber woher hätte ich das denn wissen sollen?"

S

„Mit Benutzen des Hirns?"

Sw

„Hmmm.....Und was machen wir jetzt?"

„Wir fahren auf die Wache um

zu gucken was noch zu retten ist.

Eventuell müssen wir sie alle verscharren."

„Aber müssen die nicht alle dem

Haftrichter vorgeführt werden?

Ich meine, das sind doch allesamt

hochkriminelle Menschen und....."

„NIEMAND VON DENEN IST KRIMINELL, SIE IDIOT!"

S

„Und warum verhaften wir dann Herrn Petrolia?"

S

„Um die Scheiße auszubügeln die sie verursacht haben."

„Wollen sie mich etwa einer Straftat bezichtigen, Chef?"

S

„Hab ich etwa den Abzug gedrückt und versucht den Kerl umzubringen? Nein, ich versuche hier nur unseren Arsch zu retten."

„Ich habe von der Schusswaffe nur Gebrauch gemacht um ein Verbrechen zu verhindern."

S

> „Sie haben die Waffe benutzt weil sie ihr Müsli aus 'm Klo
>
> futtern. Das war versuchter Totschlag, sie Zigeuner!"

Völlig seines Verstandes entmachtet, greift Schawatzki mit
einer Hand in sein Gesicht und mit der anderen zur
Dienstwaffe, bis er am Ende mit seinen Kräften nicht mehr
haushalten kann und folgendes von sich gibt:

Sw

> „Das ist nicht mehr der Herr Schuske
>
> den ich einst kannte!"

> „Mit Entsetzen bin ich gezwungen sie festzunehmen,
>
> Chef. Wegen Beamtenbeleidigung und Rufmord.
>
> Ich werde ihnen nun die Handschellen anlegen!"

S

> „EINEN SCHEISSDRECK WIRST DU!"

Mit einem gezielten Tritt befördert Schuske Schawatzki aus
dem Auto und rast davon. Mit einer in der Grundschule
erlernten Abrolltechnik, gelingt es Schawatzki mit nur wenigen

125

Kratzern davonzukommen. Schuske schließt während der
Fahrt die aufgesprungene Autotür und sagt:

S

„Ein Problem weniger."

Schawatzki steht langsam wieder auf, sieht sich um und sagt:

„Das war ein Mordversuch.

Wo muss ich jetzt lang?"

Wieder bei Vromms in der Zelle angelangt, der voller Ungeduld
auf und ab rennt.

V

„Meine Fresse, der Kerl braucht aber auch lange. Muss

wahrscheinlich noch 'nen Big Mäc inhalieren bevor er

seinen Arsch mal in Wallung bringt."

Blaosiegel reißt, wie gewohnt, die Tür vom Präsidium auf und
schreit mit Fritz und Mechthild im Anhang umher.

B

„Boah, jetzt bin ich solange nicht hier gewesen und hier stinkt es immer noch nach Schweiß und Anus."

„SCHUSKE?..SCHUSKE?..Wo bist du Rektalprinz? Mit wem besuchst du jetzt schon wieder die Vorstellung vom Glockenspiel der eiternden Stange?"

F

„Meine Follower werden im Dreieck springen wenn sie Zeuge deiner enormen Eloquenz werden."

Me

„Du bist so cool, Fritz."

B

„SCHUSKE? HOSE HOCH UND ANGETANZT, DEIN HOMEBOY BETRITT ALTLAND!"

F

„2 sind nicht zu bremsen?"

„Was willst du denn andauernd?"

„Einen Namen suche ich,

Kumpel.....Einen Namen."

B

„Grab weiter in der Schatulle voll Schrott,

aber halt dich bedeckt dabei."

Aus dem Keller schreit Vromms aus seinem Verlies.

V

„Blaosiegel, ich bin hier unten."

B

„Wundert mich nicht! Dann schluck runter

und kommt an hier. Jetzt geht es richtig zur Sache."

V

„Ich bin eingesperrt hier unten im Gefängnis.

Es tut mir leid dass ich an ihnen gezweifelt habe."

„Sie hatten mit allem Recht!"

„Hahahaha.....wie sie da in der Zelle sitzen, einfach zu köstlich!"

B

„Sie haben ihn nicht rangelassen, stimmt´s?"

V

„Nein....ich hab es alles als Klamauk abgestempelt und wusste wirklich nicht wozu er in der Lage ist."

B

„Tja, jeder macht seine Erfahrungen. Manche auf die sanfte Tour, und manche mit der Keule."

„WAS MACHT ROBERT DA?"

V

„Schuske hat ihn aufs Übelste vergewaltigt und dann hier reingeschmissen. Seitdem ist er im traumatischen Delirium."

„Gibt´s irgendwo ein Schlüssel?"

„Blöd wie er ist hat er den bestimmt nicht bei sich, sondern irgendwo hier hingelegt."

B

„Während ich zu suchen beginne können sie mal haarklein erzählen was hier vorgefallen ist. Das gibt Clicks, Fritz!"

F

„Joachim, deine Tuse macht mir Angst!"

B

„Knet ihr die Titten während du es ihr besorgst, dann ist sie wieder lieb und hält die Fresse."

„Ich bin verheiratet und hab 3 Kinder."

B

„Na siehst du, da haste doch einen guten Grund!"

B

„Joachim, sie berührt mich."

„Gesine, AUS! Dein Papa muss
sich jetzt konzentrieren."

V

„Da wir jetzt einen gemeinsamen Feind besitzen
möchte ich mich nochmal von vorne vorstellen.
Ich heiße Harribert!"

Vromms reicht seine Hand aus den Gitterstäben hervor. Kurz
zögerlich greift Blaosiegel jedoch danach und sagt:

„Blaosiegel:...Oberkommissar Blaosiegel,
aber das wissen sie ja bereits!"

Aus Unverständnis mischt sich Fritz wieder dazwischen um die
Menschlichkeit zu bewahren:

F

„Nein, Joachim.....das war jetzt der emotionale Wendepunkt.
Jetzt kommt der Tränenfluss wenn ihr beiden anfangt euch zu
duzen."

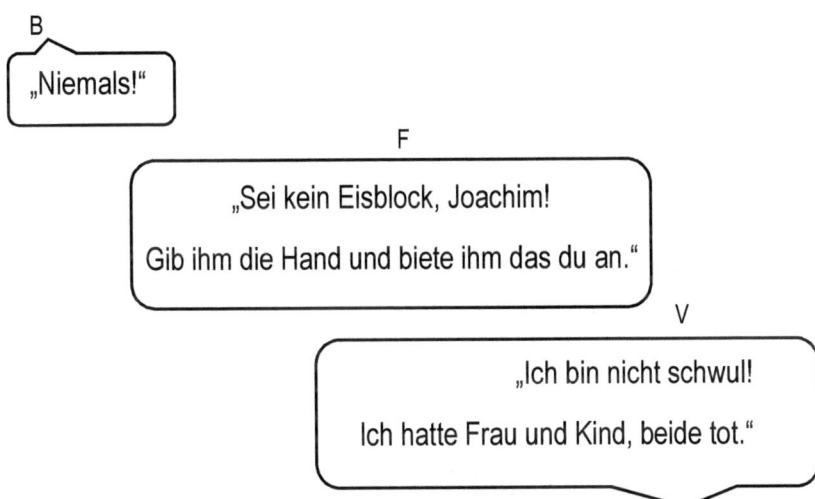

B

„Niemals!"

F

„Sei kein Eisblock, Joachim!

Gib ihm die Hand und biete ihm das du an."

V

„Ich bin nicht schwul!

Ich hatte Frau und Kind, beide tot."

Blaosiegel denkt mehrere Sekunden nach um Vromms einen alles entscheidenden Test zu unterziehen:

B

„Wie sah sie aus?"

V

„Gut!"

„ Foto?"

„Hier!"

„Brust oder Arsch?"

„Hat gewiehert wie ein Pferd!"

„Und geritten nehme ich an?"

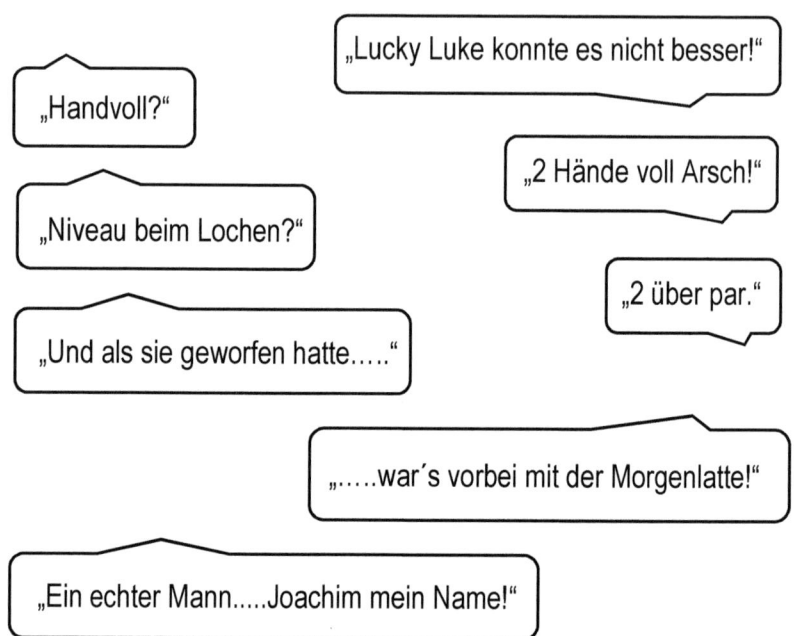

„Handvoll?"

„Lucky Luke konnte es nicht besser!"

„Niveau beim Lochen?"

„2 Hände voll Arsch!"

„Und als sie geworfen hatte....."

„2 über par."

„.....war´s vorbei mit der Morgenlatte!"

„Ein echter Mann.....Joachim mein Name!"

Blaosiegel und Vromms reichen sich die Hand. Fritz kommentiert:

F

„Das ist so herzerwärmend, ich werde im Nachhinein Applaus einfügen!"

B

„Tu dir nicht weh dabei.

Was ist passiert, Harry?"

V

„Ich wollte nicht mit ihm essen gehen."

B

„Er hat dich ins Eros eingeladen?"

„Genau."

„Grober Fehler. Du hättest ihn ausnutzen müssen! Ich hatte es damals angenommen und ihn bezahlen lassen. Lecker war´s auf jeden Fall!"

„Ach du Kacke! Was ist dann passiert?"

„Er wollte mich aufs Klo lotsen und dort Rambazamba machen."

„Du meine Güte, wie lange zieht er diese Masche schon?"

„So lange wie ich ihn kenne. Er ist die Definition einer männlichen Hure! Was ist dann passiert?"

V

„Ich hab ihn heulend auf dem Klo gefunden.....ganz üble Sache!"

B

„Haha, das hätt ich gern gesehen."

„Und dann wurde ich suspendiert weil ich mich nicht bei ihm gemeldet habe als ich Zuhause angekommen war."

„Lass mich raten. Du hast sein Vertrauen missbraucht und er benötigt Leute um sich herum die loyal sind."

„Genau so war's."

„Notgeiles Schwanzbalg! Hast du eine Ahnung wo der Lump hin ist?"

135

V

„So wie ich das mitbekommen habe ist ein neuer Anschlag auf einen Wochenmarkt verübt worden. Mit einem Bus. Verrat mir, Joachim, wie du diesem Succubus entkommen bist."

B

„Lange Geschichte. Ich bin nicht wirklich unter ihm ins Amt eingestiegen, eigentlich mehr neben ihm, obwohl unsere Ränge was anderes verraten. Schuske hat das Amt meines alten Chefs übernommen, der mir damals alles beigebracht hat. Ich hatte nie wirklich Bock mich ihm unterzuordnen weil ich im nie wirklich vertraut habe. Wie wir sehen zurecht."

„Und dein alter Chef?"

„In Rente.....war noch ein echter Kerl."

„Hast du den Schlüssel gefunden?"

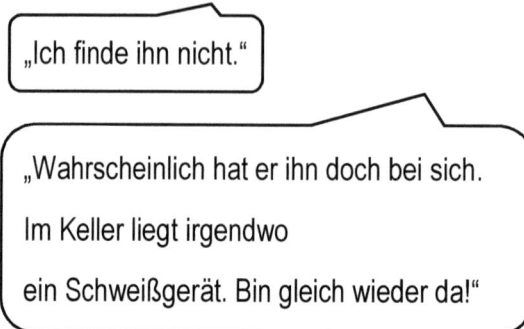

„Ich finde ihn nicht."

„Wahrscheinlich hat er ihn doch bei sich.

Im Keller liegt irgendwo

ein Schweißgerät. Bin gleich wieder da!"

Mechthild nutzt die Gunst der Stunde.

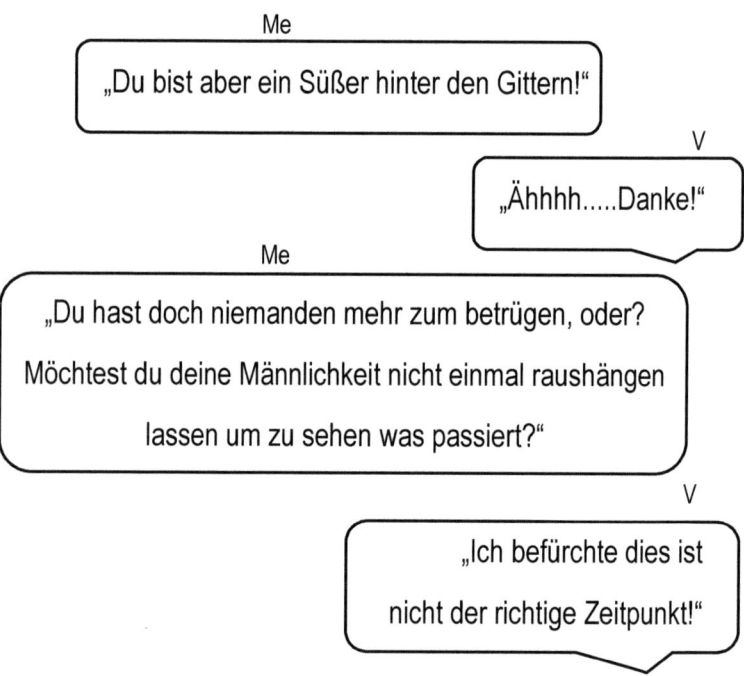

Me

„Du bist aber ein Süßer hinter den Gittern!"

V

„Ähhhh.....Danke!"

Me

„Du hast doch niemanden mehr zum betrügen, oder?

Möchtest du deine Männlichkeit nicht einmal raushängen

lassen um zu sehen was passiert?"

V

„Ich befürchte dies ist

nicht der richtige Zeitpunkt!"

Fritz bekennt sich zur Entscheidungsunfreudigkeit.

„Ein Zwiespalt. Gehe ich Joachim hinterher und begutachte seine markante Art ein Schweißgerät zu suchen oder ein billiger Knastporno?"

V

„Ich bin für das Schweißgerät!"

Blaosiegel kommt samt Werkzeug wieder angerannt.

B

„Aus dem Weg, Olga. Sonst mach ich aus deinen Schamlappen ´ne Wurstplatte!"

Blaosiegel beginnt mit der Befreiung Vromms´, begleitet mit weiteren lusterfüllten Blicken Mechthilds in Fritz´s Richtung.

Schuske betritt das Büro im oberen Stockwerk und schleift den verletzten Körper Petrolia´s hinter sich her. Er lässt ihm im Eingang liegen und eilt zu den Zellen, wo er außerordentlichem Krach ausgesetzt wird und schreit:

S

„BLAOSIEGEL!"

B

„Mensch, Franz, mein Meister der von hinten Begattung!

Was machen sie denn nur wieder für Sachen?"

„Kaum bin ich weg rotieren ihre Hormone

schlimmer wie ´ne Waschmaschinentrommel!"

S

„Ich hasse sie, Blaosiegel. Sie haben nichts als

Schande über diese Firma gebracht.

Sie sind an all dem Schuld!"

B

„Hören sie Franz. Sie können doch nicht immer die

Leute einsperren nur weil sie ihrem Poduft

nicht zugeneigt sind. Wo sind ihre Manieren?"

„Zwingen sie mich nicht zu schießen!"

Schuske zückt seine Waffe.

B

„Franz, wir waren doch damals zusammen auf dem Schießstand, erinnern sie sich nicht? Sie können nicht schießen, zumindest nicht mit einer Waffe!"

S

„Aus dieser Entfernung wird es schon noch reichen! Und jetzt allesamt Hände hoch!"

Völlig entgeistert begegnet Fritz der Gefahr.

F

„Unmöglich. Ich lasse niemals meine Kamera offline gehen. Ich streame gerade live ins Internet!"

S

„Sie tun was?"

F

„Meine Likes überschlagen sich gerade."

S

„Das reicht, allesamt in die Zelle! Na losloslos!"

Schuske wirft mit vorgehaltener Waffe Blaosiegel den Schlüssel zu. Dieser öffnet die Tür und alle gehen zusammen, mit einem kleinen Schluchzer und leichtem Grinsen im Gesicht, in die Zelle.

B

„Ach Franz, ich bezweifele das die

Waffe überhaupt geladen, geschweige denn entsichert ist!"

„Selbst dafür waren sie zu dämlich!"

S

„Reizen sie mich nicht!"

„Ich bin mir sicher dass das bei

ihrer Rosette bereits der Fall ist!"

Aus der Entfernung ruft Petrolia in die Runde und wirft durch seine herb tiefe Stimme einen Hoffnungsschimmer in den Raum:

P

„Diese saufreche Schnauze kenn ich doch!

Blaosiegel? Sind sie das?"

B

„Wer spricht denn dort zu mir?

Ist es Mr. X, der bereits neue Anal Ranger Schuske's?"

„Ich bin's, ...Magnus!"

„Weiß ich doch! Petrus, du Quetschhoden!

Ich würd dir gerne die Hand schütteln,

aber wir wurden von einem untervögelten

Nagelmeister eingesperrt!"

Schuske läuft wutentbrannt und mit knallroten Kopf zu Petrolia hinüber und schlägt mit seiner Dienstwaffe auf seinen Schädel ein, woraufhin er ihn zu den Gitterstäben schleift und sagt:

S

„Blaosiegel, ziehen sie ihren fetten Arsch ein!

Der hier kommt auch noch in die Zelle."

B

„Gemütlich!"

Vromms fragt ungeduldig:

V

„Was zur Hölle hast du Klötenkönig jetzt überhaupt mit uns vor?"

S

„Das weiß ich noch nicht."

„Aber ich werde mich auf die Wiese setzen um darüber nachzudenken."

„Im Notfall werde ich sie alle in Säure auflösen!"

B

„Wie immer überschätzen sie ihre eigenen Fähigkeiten, Franz. Sie sind kein Mörder! Sie sind nur verzweifelt notgeil! Kein Grund zur Besorgnis!"

S

„Und sie werde ich als erster in die Wanne schmeißen, Blaosiegel. Von allen im Käfig haben sie mir am meisten angetan!"

„Es gibt einschlägige Versammlungsorte um dieser Perversion die in ihnen haust Herr zu werden."

„Sie müssen nicht den Club der Männerhuren um sich scharen!"

„Blaosiegel, Sie haben keine Ahnung was ich wirklich brauche!"

„Ihr geschätzter Kollege Vromms hat bereits von meinen Neigungen erfahren. Vielleicht unterhalten sie sich einfach mal darüber während ich es mir im Kino gemütlich mache."

„Hat ihr beschlagenes Nasenfahrrad auch ihre Wahrnehmung getrübt? Ich weiß was sie wollen!
Als ob Vromms der erste war bei dem sie landen wollten."

S

„Blaosiegel.....ich......ich......."

Schuske bricht in Tränen aus:

B

„Sie sind eine erbärmliche Gestalt, Franz!

Haben sie sich soeben einuriniert?"

Entsetzt über das Geschehene, kann auch Petrolia nicht mehr
an sich halten und sagt:

P

„Joachim, und so was will dein Chef gewesen sein?

Den hack ich mit ´nem Streichholz klein!"

Mit weit aufgerissenen Augen schiebt sich Fritz wieder in die
erste Reihe und träumt wieder einmal von unermesslichem
Reichtum.

F

„Oh nein! All die Ideen müssen

über Bord geworfen werden! Wir sind zu dritt!"

Petrolia antwortet:

> "Was willst du?"

Wie ein Visionär sieht Fritz in die Luft hinauf und macht verwirrende Gesten um seinen Gedanken Form zu verleihen:

F

> "3 mean people?....3 musketeers?.....1 before 4?"

P

> „Was hat der denn für Probleme, Joe?"

B

> „Mehrere Eier am wandern, aber er ist jetzt nicht unser Problem! Schuske, öffnen sie die Tür und stellen sie sich ihrer gerechten Strafe!"

S

> „Ich gehe nicht ins Gefängnis!"

> „Ich weiß was mit solchen Leuten wie mir dort passiert! Das kann ich nicht zulassen!"

„Ich werde sie alle zwingen sich

gegenseitig umzubringen!"

B

„Megaidee, Fränzle. Bin gespannt

wie du das anstellen willst!"

S

„Ich werde sie nun alle alleinlassen

um darüber nachzudenken."

„Worüber denn?"

„Sie haben sich doch schon zur dunklen

Seite der Macht bekannt, Franz.

Jetzt gibt es kein Zurück mehr!"

„Sie sind ein Scheusal, Blaosiegel!"

„Mal ehrlich, Franz, was haben sie gegen das Gefängnis?

Wo, wenn nicht dort, können sie in ihrer ganzen Blüte

dominiert werden!"

„Ich muss nachdenken!

Ich brauch jetzt einen Wein!"

Schuske geht die Treppen zu den Büroräumen hoch.

Vromms fragt Blaosiegel:

V

„Joachim, als ich dich vorhin angerufen habe

um nach Hilfe zu bitten war andauernd besetzt.

Warum bist du trotzdem hier?"

B

„Die Busbestie hat den ganzen Scheiß hier

persönlich gemacht. Und jetzt heißt es

Zusammenarbeiten um den Vogel zu fangen!"

Der oberflächliche Fritz mischt sich ins Gespräch.

F

„Was für eine Kampfansage!

„So viele Freundschaftsanfragen

auf deinem Facebook Account, Joachim."

„Ich habe kein Facebook!"

„Jetzt schon!"

„Pfandsammler!"

Vromms bohrt nach.

„Und warum war andauernd besetzt?"

„Ich habe versucht meinen alten Chef wieder mit
ins Boot zu holen. Habe ihn leider nicht erreichen können."

„Verstehe."

Und Mechthild möchte gebohrt werden.

„Jungs, ist euch rein zufällig auch
so langweilig wie mir?"

149

Als ob sie die Gabe als Embryo verabreicht bekommen hat, beginnt Mechthild sich obenrum zu entblößen. Die einzig männliche Antwort darauf kann nur lauten:

B

„Boah das kann jetzt echt nicht dein Ernst sein, oder?

Wie ekelhaft billig du bist, da krieg ich ja gleich wieder

´nen Ständer!"

Schuske fliegt anschließend bewusstlos die Treppen zu den Zellen hinunter und bleibt regungslos davor liegen. Vromms sagt:

V

„Was zur Hölle?"

B

„1 Glas Rotwein und schon so hacke

das du die Treppen runterfällst?"

„Weder noch!"

Eine für 2 Personen bekannte Stimme erhellt den Raum im Untergeschoss, weswegen Vromms und Petrolia ihren Augen nicht glauben können und schreien:

„SCHAWATZKI!"

Sw

„Ja ich bin´s. Ich hab mich per Anhalter
mitnehmen lassen, hihihi. Ich kenn die Strecke
hierher leider nicht auswendig."

B

„Du siehst unglaublich dumm aus!
Wer zur Hölle ist das, Leute?"

V

„Schuske´s Neuer!"

„Wohl nicht mehr!"

Sw

„Wider Bestreben bin ich leider gezwungen
meinen eigenen Chef festzunehmen. Das ist sehr
schwierig für mich, aber er hat versucht mich umzubringen.
Machen sie bitte Platz in der Zelle, ich werde ihn
nun zu ihnen sperren."

151

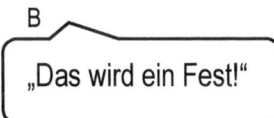

B

„Das wird ein Fest!"

Schawatzki schmeißt Schuske in die Zelle und schließt diese.

Sw

„So."

Magnus sieht mit finsterster Miene zu Schawatzki hinüber und
sagt:

P

„Du weißt das ich dich für

den Schuss fertigmache, oder?"

Schawatzki beteuert:

Sw

„Ich diene dem Gesetz, und sie können

nichts dagegen tun!"

„Ich werde nun im

Alleingang die Busbestie befragen

und diese zur Kapitulation zwingen!"

Die gesamte Zelle bricht in einem schallenden Gelächter aus.

„HAHAHAHAHAHAHAHA"

Schawatzki kümmert das nicht und verspricht zudem:

> „Sie werden sehen wozu ich in der Lage bin!"

> „Und sie alle werden dem Haftrichter vorgeführt!
> Einer nach dem anderen! Mal sehen wer zuletzt lacht."

Schawatzki verlässt hochnäsig und trotzköpfig das Präsidium und setzt sich in Schuske´s Auto um zurück zum Tatort zu fahren, wo die Busbestie ein Massaker anrichtete. Ein Smalltalk der Superlative scheint zu entfachen.

B

> „Hier riecht es nach gewaltigem Arschgetöse!"

V

> „Das kannst du laut sagen.
> Irgendeiner eine Idee wie wir hier rauskommen?"

Fritz fuchtelt wie wild mit seiner Kamera vor den Gesichtern der Leute rum:

F

„Unfassbar spannend gerade!"

B

„HALT DIE FRESSE, FRITZ!"

„'Tschuldigung."

Weibliche Tiefgründigkeit gefällig?

Me

„'Ne Idee wie wir hier rauskommen hab ich nicht.

Aber 'ne andere, wie wir uns die Zeit versüßen,

bis der verrückte Kerl wiederkommt."

B

„Du bist echt nur für eine Sache

zu gebrauchen, oder?"

Me

„Dir hat es doch auch gereicht!"

B

„Mir reicht es jetzt gerade ziemlich, das stimmt!"

Me

„Tja Schnucki, wie es aussieht sind wir aber zusammen in dieser Situation. Und wenn mich jetzt nicht sofort einer von euch besteigt..."

Blaosiegel schreit ganz plötzlich los:

„ICH HAB DIE BOMBENIDEE!"

Petrolia erwidert:

„Nicht nur du!"

Vromms erwidert:

„Nicht nur du!"

Fritz erwidert:

„Ich steh aufm Schlauch gerade!"

Die drei stellen sich im Halbkreis vor Schuske auf und beginnen zu grinsen.

B

„Frivolia, ich will das du deinen

sexuellen Übertrieb an dem Menschen

auslebst, der es am wenigsten verdient hat."

„Wie soll das gehen?

Der Kerl ist eindeutigst anders!"

B

„Sieh dir an was er mit meinem guten

Freund Robert angestellt hat.

Er ist nur noch ein Toaster!"

„Wenn du meinst, Schätzelein."

„Ich werde mir die größte Mühe

geben es ihm richtig zu besorgen!"

Im Schweiße seines Angesichts beginnt Schuske zu stammeln:

S

„Blaosiegel.....ich flehe sie an.....

tun sie mir das nicht an.....ich bitte sie...!"

B

„Doch! Zieht ihn aus, Leute!"

S

„Blaosiegel, ich gebe ihnen alles was sie

wollen...Alles!....Brauchen sie Geld?

Sie bekommen es!...Wie hoch möchten sie ihre Rente, hm?

Brauchen sie Autos?...Häuser?...REDEN SIE MIT MIR!"

B

„Genug geredet, jetzt kriegst du den Ritt

deines Lebens! Wer zwickt ihm die Nippel?"

Petrolia schreit:

„Schon dabei!"

S

„AAAAHHHH JA, GENAU SO!

Ääääähh ich meine, LASSEN SIE DAS!"

In Schuske´s ausgezogener Hose findet Vromms etwas.

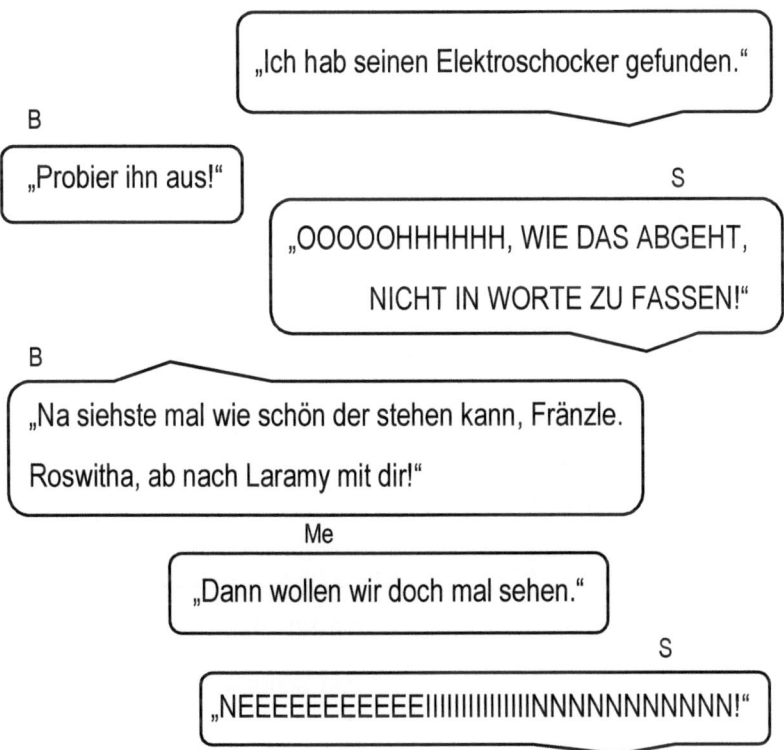

B

„Ich hab seinen Elektroschocker gefunden."

„Probier ihn aus!"

S

„OOOOOHHHHHH, WIE DAS ABGEHT,
NICHT IN WORTE ZU FASSEN!"

B

„Na siehste mal wie schön der stehen kann, Fränzle.
Roswitha, ab nach Laramy mit dir!"

Me

„Dann wollen wir doch mal sehen."

S

„NEEEEEEEEEEEIIIIIIIIIIIIIIIIINNNNNNNNNNNN!"

Wir befinden uns bei Schawatzki im Wagen, der gerade Night
Fever hört und falsch mitsingt. Zurück am Tatort angelangt,
sieht er einem Mann mit langem Mantel und Hut vor der
Busbestie stehen. Ein ungewöhnlicher Anblick, denkt er sich,
da dieser Mann keinem üblichen Schema einzuordnen scheint.
Mit einer Hand bereits am Halter, eröffnet er die Konversation
zu dem Fremden.

Sw

„Lieutenant Schawatzki mein Name!

Darf ich sie um ihren Ausweis bitten

um zu gewährleisten dass sie sich

rechtens an diesem Tatort befinden?"

„Natürlich dürfen sie das."

Es passiert jedoch nichts. Schawatzki zückt seine Waffe, doch
bevor er etwas sagen kann kommt ihm der Unbekannte
entgegen und sagt:

„Sie sind die neue rechte Hand

von Schuske, hab ich Recht?"

Sw

„Herr Schuske ist in Haft.

Aber woher wissen sie das überhaupt?"

„Wie ist ihr Name?"

„Mein Name.....spielt zum jetzigen

Zeitpunkt keine Rolle!"

Der mysteriöse Mann dreht sich blitzschnell um und schlägt Schawatzki die Waffe aus der Hand. Sie landet auf dem Boden während Ellandrio wie ein Trottel hinterher sieht.

„Wie lange sind sie im Amt, wenn ich fragen darf?"

„Wenige Tage."

„Wenn ich ihnen einen guten Rat geben darf, lassen sie von diesem Fall los. Er ist weit über ihnen!"

„Und dieser Mann dort? Er ist nur noch eine Hülle! Schicken sie ihn in ein Heim. Sie werden nichts aus ihm rauskriegen, weil nichts mehr in ihm drin ist!"

Sw

„Das ist alles sehr kompliziert. Ich glaube ich tue einfach was sie sagen!"

„Eine kluge Entscheidung!"

„Sagen sie, wenn sie keinen Namen haben kann ich doch behaupten die Busbestie allein festgenommen zu haben, oder?"

„Tun sie was sie wollen. Aber vorbei ist es noch nicht."

„Was meinen sie damit?"

„Alles was wir dort haben ist eine versteinerte Exekutive. Die Bestie lebt! Die Frage ist nur.....wo?"

Schawatzki guckt vergleichsweise wie ein potenter Mann der sich einer Thai Massage unterzieht. Er sagt:

„Versteh ich nicht."

„Tun sie einfach was ich sage. Ach und Schawatzki?"

„Ja bitte?"

„Liegt die Vermutung nahe dass sie einen gewissen Oberkommissar Blaosiegel kennen?"

161

Sw

„Ja, den kenne ich.

Der befindet sich auf dem

Kommissariat hinter Gitter."

„Liegt nahe. Sie hören von mir!"

Der unbekannte Mann setzt sich in seinen abgedunkelten Mercedes und fährt davon. Schawatzki winkt ihm zum Abschied als ob er einen guten Freund auf Wiedersehen sagt und fragt hinterher in die nicht vorhandene Runde:

„Was sollte ich jetzt nochmal machen?"

In der Zelle wieder zurück, befindet sich nun auch Schuske im Zustand einer Selleriestange. Blaosiegel sagt:

„Jetzt haben wir schon 2

Krüppel hier in der Zelle."

Mechthild antwortet:

Me

„Also ich hatte meinen Spaß!"

B

„Darauf kommt´s an, Doris! Irgendjemand ne Idee wie wir jetzt weiterverfahren?"

Zum guten Ton gehörend, schreit Fritz mal wieder umher und hüpft in der Zelle auf und ab wie ein Frosch als er folgendes erfährt:

„HAHAAA, ICH BIN TRENDING TOPIC BEI TWITTER!

ALLE HERKOMMEN ZUM GRUPPENSELFIE!"

Die versammelte Mannschaft guckt Fritz angewidert an und es herrscht eine eisige Stimmung im Kerker als niemand auch nur einen Piepston von sich gibt. Unterstrichen wird die angespannte Lage auch noch von einer hineingeflogenen Taube, die auf die Fensterbank kackt und davonfliegt. Wie ein trotziges Kind sagt Fritz beleidigt:

„Dann eben nicht!"

Im selben Atemzug überrascht die gesättigte Braut Mechthild
mit enormen physikalischen Fachwissen.

„Da die Zelle ja nicht für so viele Insassen gebaut wurde,

liegt doch die Vermutung nah das wir mit gemeinsamer

Druckausübung auf die Zellentür in der Lage sind diese zu

sprengen oder zumindest so zu lädieren, das wir sie eintreten

können um von hier zu fliehen.

Ich empfehle das wir die 2 Krüppel gegen die Gitterstäbe

pressen, indem wir uns von dieser alten Mauer gegenseitig

abstützen und die beiden somit als Kissen missbrauchen. Die

kriegen davon ja nix mehr mit und wir verletzen uns nicht!"

Alle gucken Mechthild erstaunt an. Sie antwortet:

„Wassn?
Ich kann auch klug sein wenn ich will!"

B

„Harry.....Hattest du nicht ein Handy?"

„Akku leer."

164

B

„Fuck, Robert wieder mit seinem Telefonsex."

„Ok....dann eben die Idee von Erika!"

Robert beginnt wieder unverständlichen Kram zu brabbeln.

„Blubb, hicks, sie leeeeeebt noch!......hicks...."

Vromms dreht fast am Rad und sagt:

„Robert, Robert sprich mit mir!"

„Der böse Mann mit den dunklen Absichten
ist weg und tut dir nicht mehr weh.
Komm zu dir, Robert!"

Vromms beginnt Robert mehrmals Backpfeifen zu verpassen.
Die feminine Front ist von der Vorgehensweise nicht überzeugt
und sagt:

„Ich glaub das wird nix, du."

„Der braucht erstmal Ruhe und dann eine Bezugsperson.

Dann kann er vielleicht wieder zu sich kommen."

V

„Nein, das wird schon!

Ich muss nur noch ein paar mal draufhauen!"

B

„Gute Idee und lass dir Zeit!

Trotzdem müssen wir versuchen hier rauszukommen!"

Die Gruppe probiert die Idee Mechthilds umzusetzen und bildet einen riesigen, menschlichen Keil um die Tür zu sprengen.

Doch vergebens.....Petrolia sagt:

„Zu fest verrammelt."

B

„Mist! Hey warte, dahinten liegt

noch das Schweißgerät."

P

„Aber es liegt jenseits der Stangen."

B

„Es fehlen nur wenige Zentimeter um dran zu gelangen.

Wer kugelt sich freiwillig die Schulter aus?"

P

„Immer der, der fragt?"

B

„Eben warst du mir noch sympathisch!"

Wie von der Tarantel gestochen kreischt Vromms wie ein
Waschweib dazwischen und zeigt dabei auf Fritz:

„DER DA KANN AUCH MAL WAS MACHEN!"

Fritz guckt wie die Unschuld vom Lande und sagt:

„Ähhh,.....Liebe Leute...Ich dokumentiere, versteht ihr?

Ich bin eigentlich gar nicht da. Ich bin hier nur

der Starmaker, ok?....So wie Dieter Bohlen!"

167

B

„Fritz......leg die Kamera beiseite!"

„Aber Joachim, ich hab aus dir ein Star gemacht und das soll der Dank dafür sein?"

B

„Stell dich nicht so an und mach dich mal nützlich. Außer filmen und furzen hast du nichts beigetragen! Und so wie das hier stinkt hast du doch schon wieder Bohnen gefressen, oder nicht?"

„2 Dosen mit Suppengrün!"

„FANG AN!"

Ja, ist ja gut. Hier, halt mal!"

Fritz schiebt die Kamera Vromms zu und dieser beginnt Mechthild zu filmen, welche sagt:

„Hey Schnucki. Romper und Stomper bleiben im Körbchen. Ich wurde grad abgefüllt!"

V

„Romantisch!"

Ähnlich wie eine Sitzung bei Verstopfung, versucht Fritz verzweifelt das Schweißgerät zu erhaschen und flüstert in angestrengtem Ton:

„Ich glaub ich schaff's nicht!"

B

„Streng dich mal ein bisschen an, Fritz! Besorgst du es so auch deiner Frau?"

„Die ist Asiatin, die ist so eng da ist nicht viel mit anstrengen!"

B

„MACH JETZT!"

„AUA!"

Blaosiegel tritt Fritz in den Arsch. Petrolia geht es
zwischenzeitlich wieder schlechter.

„Leute, meine Blutung wird schlimmer

und mir wird schwummrig."

Mechthild sagt:

„Kenn ich!"

B

„Fritz, mach hin jetzt. Denk einfach

dass du das Scheißhaus durchwühlst!"

„Gleich hab ich´s......gleich.....aaaahhhh,

meine Schulter!"

„Geht doch. Her damit!

So, allesamt einen Schritt zurück, jetzt fliegen Funken."

Und als Blaosiegel sich darin versucht mit
Heimwerkerkenntnissen die Freiheit aufzuschweißen, versucht
Ellandrio Schawatzki sich als Held zu vermarkten, indem er die
städtische Tageszeitung aufsucht und, sich selbst einer

Titelstory würdig empfindend, die versammelte Redaktion mit einer niemals stattgefundenen Story belügt. Chefredakteur Suleyman lauscht Schawatzki´s Worten, bis….

Sy

„Sie kommen auf die Titelseite, Herr Schawatzki!"

„Unglaublich wie sie im Alleingang die Busbestie dingfest gemacht haben!"

Sw

„Es war mir leider nicht mehr möglich

das Motiv des Killers rauszufinden,

da er schwer verbrannt und stumm gefunden

wurde und sich jetzt in einer Klinik befindet."

Sy

„Klingt spannend...hat er sich denn zur Wehr gesetzt

nach dem Wochenmarktangriff oder hat er sich

widerstandslos festnehmen lassen?"

Sw

„Ich verstehe die Frage nicht."

Sy

„Mussten sie ihn mit Gewalt festnehmen?"

„Ähhhh....ja genau. Er ist aus dem Bus gestiegen und.....äähhh...hat wild um sich geschossen. Ich habe dann auf einen Benzinkanister hinter ihm geschossen und ihn außer Gefecht gesetzt."

„Sie sind ein Held, Ellandrio! Ich nehme an sie haben ihn dann auch fachgerecht löschen können um ihm seine gerechte Strafe zu verabreichen?"

„Wieso löschen? Ich bin Detektiv, kein Feuerwehrmann!"

„Also hatten sie doch Hilfe?"

„Ähhh, nein...Ich habe alles alleine gemacht."

„Und wie haben sie die Busbestie dann gelöscht? Er war ja durch das Feuer schwer verletzt worden."

Sw

„Welches Feuer?"

Sy

„Sie haben doch auf den Tank geschossen, oder?"

„Versuchen sie mir Wörter
in den Mund zu legen?"

„Ich versuche sie nur zu verstehen, denn ihre Aussagen
sind teilweise sehr widersprüchlich. Also, die Busbestie lebt
noch, hab ich sie richtig verstanden?"

„Ja."

„Was passierte als sie den Tatort betraten?"

„Herr Petrolia hat mir gesagt das ich
was Weißes am Bart kleben habe."

„Wer ist Herr Petrolia? Ihre Hilfe?"

173

„Nein, ein Mittäter."

„Die Busbestie hatte also Komplizen?"

„Was heißt das? Komplizen?

Ich kenne dieses Wort nicht!"

„Tut mir leid sie so zu verunsichern.

Fahren sie einfach fort mit der Geschichte!"

„Wo war ich denn nochmal stehengeblieben?"

„Herr Petrolia sagte ihnen

sie haben etwas im Bart."

„Genau so. Und dann hat Herr Schuske mir in die Seite

gepiekst. Das hat voll gekitzelt, hihihihi."

Sy

„Wer ist das denn jetzt wieder?
Wir müssen glaub ich nochmal von vorne anfangen.
Sind sie alleine zum Tatort gefahren?"

Sw

„Nein, Herr Schuske war auch dabei.
Aber den musst ich festnehmen weil er
versucht hatte mich umzubringen."

„Ich komme jetzt leider nicht mehr klar."

„Was genau haben sie gemacht um die Busbestie
festzunehmen und welche Rolle spielten die beiden
anderen Personen dabei?"

„Ich hab den Täter eigenhändig in Haft genommen.
Die anderen spielten keine Rolle dabei!"

„Aber sie waren nicht allein am Tatort, hab
Ich sie diesbezüglich richtig verstanden?"

Sw

„Nein, die Busbestie war ja auch da!"

Sy

„Versuchen sie sich bitte zu konzentrieren, Ellandrio!"

„Wir sind ein seriöses Tagesblatt und uns unterlaufen keine

Fehler. Also, neben ihnen und der Busbestie, wer war noch

am Tatort und welche Rolle spielten die genannten Personen?"

Sw

„Ich glaube, sie versuchen mich

in ein falsches Licht zu rücken!"

Sy

„Ich kann ihnen nur einfach nicht ganz folgen,

mein Bester. Sie widersprechen sich mit jeder Silbe!"

Sw

„Ich denke, es war ein Fehler hierher zu kommen.

Ich denke, dass sie hier eine Fake News Agentur leiten

und eventuell ganz tief mit drin stecken!"

Schawatzki zückt seine Handschellen.

„Sie sind festgenommen!"

„WIE BITTE? Ich will sie auf die Titelseite bringen und jetzt wollen sie mich festnehmen? Was ist los mit ihnen?"

„Sie sind dringend tatverdächtig!"

„Für was denn? Ich versuche hier nur eine Schlagzeile anzufertigen!"

Volontär Boris eilt ins Chefbüro:

„CHEF, CHEF, SÄMTLICHE BUSSE FAHREN PLÖTZLICH NICHT MEHR OBWOHL DIE ÜSTRA NICHT STREIKT!"

„Aber die Busbestie ist doch gefasst. Wovor haben die denn Angst?"

Schawatzki erhebt sich vom Sitz und schaut mit zugekniffenen Augen aus dem Fenster.

Sw

„Also hatte der mysteriöse Mann doch Recht!

Es ist nicht vorbei und sie stecken da ganz tief mit drin!"

Sy

„Wovon sprechen sie überhaupt?

Was ist nicht vorbei und wo stecke ich mit drin?"

„Ich spreche nicht nur von ihnen.

Die ganze Redaktion ist in diesem Fall

verwickelt. Korruption, Hochverrat,

Anstiftung zum Mord und andere kleine Delikte.

Sie sind allesamt festgenommen!"

„Kau mir die Socken weich, du Flötenspieler.

Raus aus meinem Büro bevor ich mich vergesse.

Schicken sie mir zur Abwechslung 'nen echten

Polizisten vorbei damit ich...."

PENG

Schawatzki hat es wieder getan. Aus den anschließenden Büroräumen macht sich Panik breit und allesamt schreien laut auf. Durch einen Streifschuss an der Schläfe liegt Suleyman in einer heftigen Agonie.

Schawatzki eilt in die Büroräume um die Menschen zu beruhigen, doch macht dadurch nur alles schlimmer.

Sw

„Liebe Leute, das war selbstverständlich Notwehr!

Ihr lieber Chef hat sie allesamt in dunkle Geschäfte

verwickelt und hat versucht von sich selbst abzulenken.

Bitte bewahren sie Ruhe, Verstärkung ist bereits

unterwegs. Ab diesem Moment sind sie alle in

Untersuchungshaft!"

Mit letzter Kraft versucht Suleyman Schawatzki mit einer Schere zu erdolchen und stürmt auf ihn zu. Schawatzki erkennt den Angriff frühzeitig und schießt sein komplettes Magazin auf den Angreifer leer.

Sw

„Da haben sie gesehen wozu er in der Lage war!"

Unruhe und verängstigte Gesichter inklusive, springen die ersten aus Furcht aus dem Fenster und die unaufhaltsame Grausamkeit nimmt seinen Lauf.

Wieder in der Zelle angekommen, versucht Blaosiegel weiterhin die Zellenstäbe zu durchtrennen. Spott von Fritz inklusive.

„Mensch, Joachim. Nur weil du so beleibt bist musst du noch 2 weitere Stäbe durchsägen damit du durchpasst. Uns würde das jetzt reichen!"

B

„Mitgerissen, mitgeschissen!"

Mechthild kontert:

„Wann bist du fertig, Knuffel? Ich muss mal dringend Pipi!"

B

„Fresse halten, sonst rutsch ich absichtlich ab!"

Die Kripo betritt mehrköpfig das Präsidium und folgen dem Lärm im unteren Geschoss, bis ein vermummter Kripomann sagt:

„Hier rein, Leute. Ich hab den Chef gefunden."

Ganz entzückt sagt Mechthild:

„Ohhhhh, geheimnisvolle Männer."

Pa

„SOFORT AUFHÖREN DAMIT!

LEGEN SIE DAS SCHWEISSGERÄT BEISEITE

UND NEHMEN SIE DIE HÄNDE HOCH!"

„Zentrale....Zentrale, wir haben Petrolia gefunden."

„Schwer verletzt und mit mehreren Menschen in einer Zelle

gefangen. Versuchter Ausbruch vereitelt. Bitte um Ratschläge

zur weiteren Vorgehensweise."

Vom anderen Ende ist nur Rauschen zu vernehmen, bis letztendlich eine genervte Stimme antwortet:

Z

„Was ist los?"

P

„Zentrale.....Zentrale, wir haben Petrolia gefunden,

schwer verletzt und mit mehreren..."

„Haben wir schon verstanden, Pavel!

Du bist immer so schwer von Begriff.

Was ist mit dem Sergeant?"

P

„Schwer verletzt und mit mehreren......."

„Danke, Pavel.

Gib mir mal den Bernd!"

Blaosiegel scheißt aufs Geschilderte und fängt im Hintergrund wieder an die Funken fliegen zu lassen. Pavel scheint indessen mit der Situation leicht überfordert zu sein.

P

„Ähhh, ja gleich!...Äähhhh Zentrale?"

Z

„Ja, Pavel?"

„Die sehen alle gleich aus.

Welcher von denen ist denn das?"

Postwendend reißt der kriegserfahrene Bernd Schmitt Pavel das Walkie Talkie aus der Hand um Befehle zu erhalten.

BS

„HER DAMIT! BERND SCHMITT AM APPARAT, ZENTRALE!"

„BITTE UM AUSFÜHRUNG DER RETTUNG DES

GESCHÄTZTEN SERGEANT PETROLIA

MIT SOFORTIGER WIRKUNG, OVER!"

Lautes Lachen ist durch den Lautsprecher zu vernehmen. Nach 30 Sekunden köstlicher Beömmelung ist ein leichtes Räuspern zu vernehmen und man hört hintergründig eine leise Stimme sagen:

Z

„Hahahaha, der Typ ist der absolute Hammer!

Den haben sie doch an der Tanke gecastet!"

„BITTE SPRECHEN SIE LAUT UND HOCHDEUTSCH DAMIT

DIE RETTUNG VON STATTEN GEHEN KANN, OVER!"

Weiteres, viel lauteres Lachen ist aus dem Walkie zu hören, bis wieder eine leise Stimme sagt:

Z

„Hahahaha, ja ok. Haltet die Fresse jetzt sonst wird er

misstrauisch!.....SCHMITT?"

BS

„AM APPARAT MIT ERWARTUNG VON BEFEHLEN, OVER!"

Z

„Ich kann nicht mehr!.....Hahahahaha...."

Aus dem Lautsprecher sind nur noch Fetzen von Konversationen wahrnehmbar, sowie lautes Geschreie und jubeln. Blaosiegel geht wieder in die Offensive.

B

„Während ihr Pappnasen euch gegenseitig

beorgelt habt, haben wir uns mal eben selbst befreit.

Habt ihr ´nen Sani für Petrus dabei?"

BS

„STETS FÜR DEN ERNSTFALL AUSGERÜSTET!"

B

„Na prächtig. Ich nehme an ihr habt geortet wo

sich Petrolia befand, oder? Gibt´s was Neues

zu der Busbestie? Ach so, Blaosiegel mein Name,

dies ist mein Fall!"

Zu Erwarten mischt sich Fritz wieder ein.

„Ich werde einen 3D Schwenk um dich herum machen

wenn du deine Marke zückst, Joachim."

„Dann siehst du aus wie Batman!"

Schmitt findet das nicht besonders amüsant.

BS

„SÄMTLICHE SACHINHALTE ÜBER DEN BESAGTEN

FALL ENTLIEGEN UNSERER KENNTNISS!"

Auch Mechthild scheint verwundert:

„Warum schreit der denn so?"

BS

„DER FOKUS LIEGT AUF DER RETTUNG UNSERES

KAPITÄNS! ALLES ANDERE MUSS AUF

DIFFERENZIERTER EBENE GEKLÄRT WERDEN!"

B

„Ich weiß nicht warum, aber

irgendwie gefällt mir der Kerl!"

BS

„BITTE UM SOFORTIGES LOSLÖSEN DER KONVERSATION

UM DIE RETTUNG DES BESAGTEN TEAMKAPITÄNS

STATTFINDEN ZU LASSEN!"

„Lass krachen!"

Um wieder etwas nach vorne zu blicken schaltet sich Harribert ein.

„Joachim, hast du eine Idee wie wir jetzt genau weitermachen wollen?"

B

„Wir fahren zur Unfallstelle und treten dort Schawatzki in den Arsch!"

V

„Klingt vielversprechend, jedoch muss ich dringend was essen."

„Gute Idee! Um Ärsche zu treten brauch man Tinte aufm Füller. Pizza oder asiatisch, ich lade ein!"

Weibliche Intuition Mechthilds besagt:

„Ich hätte gern ´ne Würstchenkette!"

Kollektive Intuition antwortet:

„DU DRECKIGE SCHLAMPE!"

In der Redaktion spielen sich dramatische Szenen ab, als Schawatzki langsam aber sicher vollkommen die Kontrolle zu verlieren scheint.

Sw

„Liebe Leute, sie alle sind dringend tatverdächtig die Busbestie mit Informationen versorgt zu haben um seinen perfiden Plan der Machtergreifung auszuüben. Sie alle werden dem Haftrichter vorgeführt werden. Sie haben jetzt die Gelegenheit Informationen preiszugeben, eventuelle Gefahren abzuwehren indem sie geständig sind oder ganz von einer Strafe abzusehen, wenn sie mir sagen wie und was ihr Ziel war. In diesem Fall wird sich das positiv auf sie auswirken und in meinem Bericht Erwähnung finden. Freiwillige bitte vor."

Keine Reaktion. Durch den Ticker rauscht ein Zettel in die Redaktion, welcher Ellandrio in die Hände fällt. Dieser reißt nach beendetem Lesen entsetzt die Augen auf.

Im Kommissariat wird gegenwärtig fürstlich gespeist. Blaosiegel lässt zudem auch fürstlich seine Verdauung sprechen und lässt einen nach dem anderen fahren.

B

„Herrlich, gleich mal den Gürtel ein Loch weiter

spannen. Frida, du guckst so traurig.

Brauchst dein Loch wohl auch mal wieder gespannt, was?"

V

„Das ist wirklich ´ne

verdammt gute Bratwurst!"

B

„Mit viel Elan und ganzer Kraft,

geht´s jetzt Schawatzki an den Schaft."

F

„So traumhaft."

„Hervorragende Ravioli"

BS

„GANZ AUSGEZEICHNETE DEUTSCHE

BRATKARTOFFELN, MEINE KOLLEGEN!"

„Oh nein, ich glaube ich muss

schon wieder furzen."

V

„Furz Schuske ins Gesicht,

vielleicht wacht er dann wieder auf."

Die gute Stimmung geht unter als eine Durchsage durchs Walkie ertönt.

Z

„Zentrale an Petrolia...melde dich Magnus!"

P

„Am Apparat...was gibt´s?"

„Schön von dir zu hören. Geht´s dir besser?"

„Geht so. Wir haben ja doch ein sehr

fähigen Mediziner mit an Bord!"

BS

„HERZLICHEN DANK FÜR DAS KOMPLIMENT,

VEREHRTER STAABSCHEF!"

Z

„Ok Magnus, pass auf. Die Ereignisse überschlagen sich gerade. Mehrere Busfahrer sind Amok gelaufen und haben alle ihre Insassen abgemetzelt."

Mit ernstem Blick sehen sich alle untereinander an. Petrolia sagt:

„Und weiter?"

Z

„Das ist noch lange nicht alles. Laut Zeugenaussagen haben sich mindestens 8 Busfahrer zusammengerottet und befinden sich auf dem Schrottplatz um eine ultimative Bushöllenmaschine zu entwerfen."

„Und warum nehmt ihr sie nicht fest?"

Z

„Sie haben dutzende Geiseln...und noch was."

„Ich höre."

Z

„Unsere örtliche Redaktion, Magnus, du kennst sie.

Die Zeitung Ritze."

„Ja, was ist damit?"

„Dort wurde ein regelrechtes Massaker angerichtet.

Mindestens 21 Tote. Die gesamte Redaktion wurde

hingerichtet."

„Harter Scheiß! Was hat das eine jetzt

mit dem anderen zu tun?"

„Das wissen wir noch nicht.

Wir wollten dich und deine Männer darauf ansetzen."

„Wir machen uns auf dem Weg...over."

Schmitt ist damit nicht ganz einverstanden.

„LAUT MEINEN INTERNETRECHERCHEN IM DEUTSCHEN VOLKSFORUM WAR DER CHEFREDAKTEUR EIN ILLEGALER EINWANDERER."

„KEIN VERLUST FÜR UNSEREN NATURBELASSENEN BODEN!"

Fritz kriegt schon ganz feuchte Hände.

„Stammtischparolen? Exzellent!"

Und auch das andere Geschlecht wird feucht.

Me

„Ihr seid alle total süß."

B

„Jetzt hattest du EINEN guten Gedanken der leider nach hinten losging und jetzt ist dein Feuer verschossen?

Wieviel Sprit kann ein Taxi brauchen?"

Me

„Gebt euch doch einfach mal ein bisschen Mühe, Jungs."

Fritz steigt auf die Tische, springt auf und ab und sagt:

„Ich weiß gar nicht was ich sagen soll.

MACHET MÄNNER!"

Me

„Du Schlingel!"

B

„Ok. Jetzt stellen wir uns alle in der Reihe auf

und bürsten die Stute der Reihe nach durch.

Ich fange an. Ich hasse gebrauchte Autos!"

Die Meute macht mehr Krach als grölende Fußballasis!

Trotz der schönen Ablenkung im Kommissariat, befinden sich 8 Busfahrer auf einem Schrottplatz und bauen einen geklauten Bus um. Die gefesselten Geiseln sind im Kreis um die schraubenden Halunken versammelt. Sie versuchen einen Grund für ihr Schicksal ausfindig zu machen.

„Was habt ihr vor, ihr Ottos? Ist das eure neue Art des Streikens, oder waren einfach nur die Erbsen alle?"

Die Busfahrer reagieren nicht und machen einfach ihre Arbeit weiter. Die 2. Geisel versucht ihr Glück.

„Hey, ihr Muklukindianer. Wir wissen das euer Job nicht der Geilste ist und auch nach politisch korrekter Umbenennung nix an Attraktivität gewonnen hat. Aber hey, es gibt schlimmeres!"

„Ja, Müllmann oder so!"

„ODER BÄCKER!"

„Oder Friseur!"

„Na komm, jetzt beleidige ihn nicht!"

Gelächter bricht aus. Einer der Busfahrer dreht sich ruckartig um und schlägt auf eine der lachenden Geiseln mit einem Rohr ein.

„Hör auf mit dem Mist, du Stumpenhuber! Hey du...nimm mir die Fesseln ab und wir regeln das wie Männer, ok?"

Der Busfahrer lässt von der Geisel ab und geht zur anderen Geisel.

„Ja, da guckste, du Saugstauber. Na los, entfessele mich und dann machen wir beide ein bisschen Rambazamba. Na Los, mach hin. Ich bügel dir die Falten glatt!"

„Guck mich nicht so dumm an, du Waldpilzsammler! Machst hier einen auf großen Boris...."

Der Busfahrer zückt eine Waffe und erschießt die Geisel mit einem einzigen Kopfschuss. Lautes Geschreie der anderen Geiseln erschallt über den gesamten Schrottplatz.
Die dahinterliegende Polizei hat alles sich Abspielende in Sichtweite und funkt zu Petrolia durch.

Po

„Schuss abgegeben, Schuss abgegeben, eine Geisel tot.

Ich wiederhole, eine Geisel wurde hingerichtet."

P

„Gibt´s sowas wie ´ne Stellungnahme?

Fordern die irgendwas?"

„Weder noch...sobald wir näher kommen oder die

Geiseln einen Mucks machen bringen die die um."

„Seltsam...wir machen uns auf den Weg!"

„Bis gleich, Boss!"

Das gerade stattgefundene Gespräch hat Petrolia nackt
absolviert, da er wie alle anderen auch, gerade dabei ist sich
wieder anzuziehen. Er sagt:

„Wir sollten uns aufteilen. Wir sind genug Leute.

Ich habe eben mit meinen Männern gesprochen.

Ich werde zur Geiselnahme fahren."

Neugierig fragt Mechthild:

„Da sind Männer?"

Blaosiegel hat nur einen Wunsch:

„Ist mir rechtens. Ich will nur den Typ da bei

mir haben. Der amüsiert mich prächtig!"

Blaosiegel zeigt auf Schmitt.

„FÜR DAS ENTGEGENGEBRACHTE VERTRAUEN

MÖCHTE ICH MICH HERZLICHST BEDANKEN!"

Petrolia antwortet:

„Ja, er ist definitiv ein Original.

Wer geht noch mit Blaosiegel mit?"

Vromms, Fritz und Mechthild sagen:

„Ich."

„Ich."

„Ich."

Und einer sagte:

„ZU DIENSTEN!"

B

„Magnus, du hast doch deine Ninjas da bei dir.

Reicht dir das nicht?"

„Muss ja wohl."

B

„Werden ja wohl nicht alle so doof sein wie Pavel, oder?"

Pavel antwortet:

„Heeeeeeeeeeeeeeyyyyyyyyyy!"

B

„Wir haben alle unser Päckchen zu tragen. Wir bleiben in Verbindung. Los geht's Leute!"

Blaosiegel's Truppe betritt die Redaktion und findet ein einziges Blutbad vor. Das Bild ähnelt der filmisch umgesetzten King Willy Abschlachtung.

B

„Bwäh....ekelhafte Sauerei!"

„SO MUSS ES EINST AUF KRIEGERISCHEM BODEN GEROCHEN HABEN, GESCHÄTZTE MITWIRKENDE!"

V

„Das ist ein echtes Massaker hier. Ich glaube mittlerweile doch dass das was mit der Bussache zu tun hat."

B

„Inwiefern?"

V

„Sieh dir die Gemeinsamkeiten an. Die Leute sind gefesselt.....Geiseln......und erschossen."

„Wie auf dem Schrottplatz.....nur warum? Haben die irgendwas gewusst?"

„Oder irgendeine Schlagzeile verfasst die nicht besonders zum Vorteil desjenigen war?"

Me

„Jungs, ich hab da was gefunden."

B

„Und dass ohne eine Rute am Schenkel zu haben.
Ich bin beeindruckt!"

Me

„Warum immer so negativ, Pupsi?
Ich hab da mal im Müll gewühlt und
den Bericht zu dem Schrottplatzvorfall gefunden."

„Und jetzt?"

V

„Ich weiß worauf sie hinauswill. Warum würden die
so eine Schlagzeile wegschmeißen? Und wir wissen
dass es fast zeitgleich stattgefunden hat."

„Mir kommt es eher so vor als ob jemand
diese Seite gelesen hat und danach ziemlich
ausgerastet ist. Wo ist das Büro des Chefredakteurs?"

Me

„Ich glaube dort hinten."

Vromms eilt zu Suleyman´s Büro und wühlt in den Unterlagen.

V

„Ja....ja....Ich hab so meine Vermutung, aber eigentlich müsste es doch hier Überwachungskameras geben, oder?"

BS

„ALL DIESE THEORIEN KÖNNEN WIR UNS GETROST SPAREN, MEINE FREUNDE AN DER FRONT!"

B

„Bitte sprich dich in aller Ruhe aus, Bernd. Selten lauschte ich den Worten eines Menschen mit solch einer Begeisterung!"

BS

„MEINE FREUNDE, DER TATHERGANG LIEGT OFFENSICHTLICH AUF DER HAND! DAS WAREN ARABER! DIE KALTE WIRKUNGSWEISE DER TAT BEZEUGT DAS!"

Blaosiegel und Fritz sind begeistert von den Gedankengängen
Bernd Schmitt's:

B

„Wooooow!"

F

„Das wird ein Winner!"

V

„Du spinnst doch. Die haben doch meistens ne AK
und sind mit 12 Mann unterwegs."

„Und danach sieht's hier
ganz bestimmt nicht aus!"

BS

„MEINE MEINUNG IST HART WIE STAHL
UND IN GRANIT GEMEIßELT!"

V

„Joachim, ich glaube wir müssen über deine
Rekrutierungsmaßnahmen nochmal diskutieren."

„SEHT HER, ICH HABE EIN BARTHAAR GEFUNDEN!"

V

„Joachim?"

Blaosiegel sieht weiterhin begeistert Schmitt an.

B

„Ein Wahnsinnskerl. Und du musst zugeben dass er Wahnsinns Argumente vorlegt."

V

„Nein!"

BS

„DAS IST EINE KLARE KAMPFANSAGE UND WIR BEFINDEN UNS MITTEN IM KRIEG! ES WIRD ZEIT SICH ZU BEWAFFNEN!"

B

„Sachlichkeit beiseite und ich bin absolut seiner Meinung."

V

„Wascht ihr euch beide die Haare im Urinal?"

„Dann würden hier zig Bombenteile rumliegen und 'ne Stellungnahme im Netz rumgeistern die mit 'nem Semmel aufgenommen wurde."

B

„Lass mir doch meinen Spaß!"

BS

„DER FEIND HAT SEINE STRATEGIE GEÄNDERT! ER WILL UNS VERWIRREN! UND BEI IHNEN SCHEINT ES GANZ AUSGEZEICHNET ZU FUNKTIONIEREN!"

Vromms sieht Mechthild und Fritz an und sagt:

V

„Sagt ihr auch mal was dazu."

Me

„Ich glaub dir, Harry. Muss ich dich enttäuschen, Sahnebär."

B

„Nicht so schlimm. Bist ja immer bereit irgendwas wieder gut zu machen!"

F

„Ich glaube auch Vromms, bin aber trotzdem auf deiner Seite, Joachim. Eierlegende Wollmilchsau, du weißt ja."

BS

„WIR SOLLTEN DEM FEIND ENTGEGENTRETEN UND IN DEN KAMPF ZIEHEN!"

V

„Ok, und wer genau ist deiner Meinung nach denn der Feind, Graufuchs?"

„EINE MASSNAHME HERAUSZUFINDEN WER GENAU FÜR DIESE ABSCHEULICHKEIT VERANTWORTLICH IST GIBT ES AUFGRUND INTENSIVSTEN ZEITAUFWANDS NICHT! ES BLEIBT NUR EINE MÖGLICHKEIT!"

V

„Ich kann mir schon denken wohin das führt."

„WIR MÜSSEN HERAUSFILTERN WER ES MIT

ABSOLUTION NICHT GEWESEN SEIN KANN!"

„DER REST WIRD AN DIE WAND GESTELLT UND

AUF DER STELLE HINGERICHTET!"

V

„Huiii....noch ´ne Ecke radikaler

als ich dachte."

F

„Ich kauf mir ein Haus an der Nordsee!"

B

„Schnauze, Fritz!"

Auf dem Schrottplatz sind die Busfahrer inzwischen dabei eine
Menge Schaden anzurichten. Petrolia und Kollege Flunte
inspizieren das Wesentliche:

P

„Das ist die dümmste Scheiße die ich jemals gesehen habe! Bauen die da grad echt ´ne Minigun an den Bus?"

FI

„Sie sehen richtig, Boss. Außerdem haben wir was bemerkt während sie auf dem Weg hierher waren."

„Ich höre..."

„Sehen sie im Hintergrund dort den abgewrackten Bus mit den 2 Volldeppen davor?"

„Was soll damit sein?"

„Die stehen Wache! Irgendwas befindet sich in dem Bus. Oder genauer gesagt.....irgendjemand. Sie bringen ab und an Essen hinein."

„Haben sie versucht mit einem Wärmebild hindurchzusehen?"

„Ja.....und es ist nichts zu sehen!"

P

„Der Scheiß wird wirklich immer bekloppter. Um wie viele Geiseln handelt es sich denn jetzt noch?"

FI

„Wir zählen 23 Stück. Vergessen sie die Idee mit reingehen. Zum Glück ist Bernd nicht da. Er hätte die Idee befürwortet."

„Nicht nur das...er wäre alleine reingegangen. Haben sie auf irgendeine Art und Weise versucht mit den Typen Kontakt aufzunehmen."

„Mehrere Male, aber vergeblich. Sie hören auf kein Wort was wir sagen und drohen immer nur die Geiseln zu killen."

„Wir können also nur abwarten.....gibt´s Donuts?"

„Dort hinten, aber die gefüllten sind schon weg."

„Das ist kein Problem...PAVEL, HERKOMMEN!"

„Ähhhh, zur Stelle Chef."

P

„Versorgen sie das Team mit Grundnahrungsmitteln wie gefüllten Donuts, ich warte hier auf sie. Und bringen sie Kaffee mit. Schwarz wie mein Humor!"

„Ich äähh...hab aber grad kein Geld zur Hand, Chef."

„Macht nichts, ziehe ich ihnen vom Lohn ab...na LOSLOSLOS!"

FI

„Hahahahaha."

P

„Wie sieht´s mit Snipern aus?"

FI

„Wir haben mehrere auf den umliegenden Häusern liegen, aber die sind eigentlich nur da um uns Updates zu liefern. Diese Bestien da drin wissen davon."

P

„Kacke."

Die Blaosiegel Gang befindet sich in einem kleinen blauen Minibus den sie sich besorgt haben.

B

„Erstmal die Lage am Schrottplatz sichten um zu sehen ob sich irgendwas kombinieren lässt."

V

„Na, wenigstens ein vernünftiger Gedanke."

F

„Hey Joachim...ich komm mir in dem Bus so ein bisschen vor wie bei Scooby Doo."

„ICH FINDE DIESE WITZE SEHR KINDISCH UND UNPASSEND. IMMERHIN BEFINDEN WIR UNS MITTEN IM KRIEG! DANKE FÜR DIE AUFMERKSAMKEIT!"

B

„Du hast vollstens Recht, Bernd. Fritz, halt die Backen!"

F

„Ihr habt wohl alle damals kein Wrestling geguckt und wisst nicht was ein Colour Commentator ist. Ihr Pimpfe!"

BS

„DIE WITZE WERDEN IHNEN IM HALS STECKEN BLEIBEN WENN GLEICH DIE TURBANE UMHER FLIEGEN, KAMERAD!"

B

„Wie du siehst, Fritz, wurdest du bestens ersetzt. Also hat die Kamera und ansonsten den Rand!"

Me

„Ich komm mir vor wie im Kindergarten.

Warum muss ich als Frau eigentlich diese

Karosse fahren?"

B

„Weil du nur wieder am Fahrer nuckeln würdest.

Wir kennen dich doch."

Me

„Contenance, meine Herren.....wir sind da!"

Voller Freude kommt Petrolia ans Auto angestürmt und sagt:

P

„Joachim, mir fällt grad ein dass dein Nachnahme

abgekürzt BS heißt und das finde ich ehrlich

gesagt ziemlich witzig."

B

„Flüster ihn mir ins Ohr während ich einschlafe,

dann krieg ich luzide Träume. Gibt's irgendwas Neues?"

„Nö...die basteln da immer noch an ihrem mutierten Ohrensessel rum. Wie sieht´s in der „Ritze" aus?"

„Schlachtfeld. Allesamt abgeknallt und die Tapes der Überwachungskameras wurden mitgenommen."

„Schöne Scheiße...wir sind also kein Schritt weiter."

BS

„VEREHRTER FRONTMANN DER OFFENSIVE. DÜRFTE ICH MIR DIE FRAGE ERDREISTEN WARUM WIR NICHT ZUM STURM ÜBERGEHEN?"

„HAHAHAHAHAHAHA."

„ICH BITTE UM ERLÄUTERUNG DER ERHEITERUNG DAMIT EIN PROGRESSIV DENKENDER MENSCH SICH DEM CHARME DES WITZES ANNÄHERN KANN!"

„HAHAHAHAHAHAHA."

Es beginnt zu regnen.

B

„Wie weit habt ihr das Gebiet eigentlich abgesperrt?"

P

„Umkreis von 2 km...warum?"

B

„Weil da hinten ein Auto mit Lichthupe angefahren

kommt und er sieht nicht gerade eingeladen aus."

Das Auto nähert sich in Schrittgeschwindigkeit dem Tatort. Es ist der schwarze Mercedes vom Wochenmarkt Vorfall.

Die Tür öffnet sich langsam und der mysteriöse Mann entsteigt leicht angestrengt dem Wagen:

B

„Hahahaha, ich hab doch gewusst das ich ihn

nochmal wiedersehe. Ich hab versucht dich zu

erreichen, bin aber nie durchgekommen."

B

„Ich weiß."

B

„Was haste gemacht, du alter Schlüpferbaron? Seit deinem Abgang hab ich mich durch vielen verbalen Ausfluss kämpfen müssen."

„Ich nehme an das Schuske seine Alltagsleier weiter ausgelebt hat?"

B

„Ich war in Frührente und hab mich selbst wieder eingestellt. Der Typ hat einfach nix aufm Kasten."

V

„Entschuldigung, aber mit wem reden wir hier eigentlich?"

H

„Inspektor Hämmer!"

Hämmer reicht Vromms die Hand.

V

„Angenehm...Joachim erzählte mir von ihnen."

H

„Scheine einen bleibenden Eindruck
hinterlassen zu haben."

B

„Auf jeden, Digga! Wie hast du mich überhaupt
gefunden? Was treibt dich hierher?"

H

„Ich arbeite schon etwas länger an dem Fall als ihr."

H

„Ich hab die Jahre nicht geruht. Ich war immer aktiv
und immer in der Nähe."

B

„Hä?"

„Ich war auf dem Präsidium. Ich hab Robert mitgebracht.

Er liegt bei mir aufm Rücksitz."

„Er lag da in der Zelle und

stammelte irgendein Mist. Was habt ihr mit ihm gemacht?"

„Das war Schuske und sein perverses Verlangen

die Arschhuren halt mit sich bringen.

Er müsste neben ihm gelegen haben."

„Nein, er lag alleine da."

„Schuske ist weg? Das hört sich nicht gut an."

„Er wird wieder auftauchen...und wenn auch

nur aus dem Grund dich umbringen zu wollen."

B

„Na, das hoffe ich doch. Beginne langsam

den alten Spermastrolch zu vermissen.

So und jetzt fang an, Jack! Warum bist du hier?"

„Als ich vor 6 Jahren in Rente ging ist einfach

viel zu viel Arbeit liegengeblieben.

Ich habe bei mir

im Keller weiter recherchiert und bin auf beeindruckende

Sachen gestoßen."

„Der Sache, der ihr hier nachjagt, hat eine viel

größere Reichweite als ihr denkt. Joachim,

erinnerst du dich an Klabusterklaus?"

B

„Na klar, ich habe öfters mit ihm an der Tanke

gezecht, bevor er bei einem von ihm verübten

Banküberfall erschossen wurde."

H

„Genau.....Gert Griesmayer?"

B

„Mein alter Postbote."

„Wurde zu lebenslang verurteilt
weil er mit ´ner Nagelpistole mehrere
Postboten abmurksen wollte."

„Schuppenkurt? Der eiserne Wilbur?
Bronzius Fellatio? Deine Frau Marta?"

„Worauf willst du hinaus, Kumpel?"

„Joachim, das alles sind keine Zufälle.
Jeder Anschlag hatte indirekt etwas mit dir zu tun.
Ob du jetzt Opfer oder Täter kanntest,
aber die Spur führte immer zu dir."

Die anhaltende Spannung ist nicht nur für Fritz kaum noch
auszuhalten.

221

„LEUTE......LEEEEEUUUUTTTEEEEEEE!....DER STREAM BRICHT GLEICH ZUSAMMEN!"

B

„Komm bitte auf den Punkt. Claudia guckt mich schon wieder so lasziv an das mir schon wieder die Klöten jucken."

Hämmer zieht seine Smith n Wesson aus dem Halter und erschießt Mechthild mit 2 Schüssen in die Brust. Cleaner Stil!

B

„WAS ZUM?"

V

„Boah."

BS

„EIN MANN DER HANDELT OHNE MIT DER WIMPER ZU ZUCKEN IMPONIERT MEINER GATTUNG! BERND SCHMITT MEIN NAME!"

B

„Äääähhh...was war das denn jetzt?"

H

„Wenn eine Frau an deiner Seite steht bedeutet das zwangsläufig das du sie gebumst hast."

„Das hat jeder hier."

Eiserne Stille.......und Heuballen!

H

„Dann haben wir nicht mehr viel Zeit.
Joachim, alles was du wissen musst ist folgendes...
Dein Sohn ist für diese Taten verantwortlich und muss
auf schnellstem Wege aus dem Weg geräumt werden!"

B

„Ja, das klingt einleuchtend!"

Erneut eiserne Stille.......ein Zirpen ist zu hören! Fritz bittet um Erläuterung.

F

„Joachim, dir fehlt es ganz eindeutig an Feingefühl.

Erklären sie uns, verehrter Inspektor Hämmer,

was diese Taten mit Joachims Sohn zu tun haben."

B

„Jack, ich glaube du wirst langsam senil.

Der Bengel ertrinkt in einer Pfütze wenn man nicht

aufpasst. Außerdem hab ich nicht mal ´nen Plan wo er ist."

H

„Der Junge hat eine sehr ausgeprägte Gabe, Joachim."

„Und außerdem hat sein Verschwinden sehr viel mit der

Situation hier zu tun. Ich denke er befindet sich in dem Bus

dort hinten der bewacht wird."

BS

„DER FEIND IST BEKANNT, MEINE GENOSSEN!

RETTEN WIR DEN ALLTAG MIT GEWALT!

ICH WÄHLE DAZU DIE GUTE ALTE M60!"

H

„Halten sie ihr verdammtes Krümelloch und lassen sie mich ausreden! Joachim, dein Samen impliziert die Saat des Bösen!"

Fritz ändert die Linse seiner Kamera auf „Apocalyptic Red" und sagt:

F

„Also das ist wirklich ziemlich cool jetzt."

H

„Dein Sohn ist das absolut Böse!
Dein Sperma versprüht die Dunkelheit."

„Das alles begann vor 8 Jahren als dein Sohn geboren wurde".

„Am Tag der Entbindung hat der behandelnde Arzt versucht mit einem gefrorenen Truthahn im Supermarkt die Kassiererin zu erschlagen. Doch damit nicht genug."

„Eine Kaskade der Zufälle ereignete sich in deinem Umfeld und schlug willkürlich zu. Erinnerst du dich an Mandy und Sandy?"

„Ja."

„Beide hatten wenige Tage vorher ein Vorstellungsgespräch bei deiner Frau zum Babysitten."

„Ok."

„Dein Sohn ist in der Lage sich in andere Körper hineinzuversetzen und diese zu steuern."

„Und mit jedem Tag wo er wächst, scheint seine Macht größer zu werden."

„Teilweise hat er auch versucht selbst Hand anzulegen, jedoch ist seine mentale Macht viel größer als seine körperliche."

H

„So hat er auch versucht deine Frau umzubringen und ist gescheitert."

B

„Aber warum der ganze Scheiß?"

H

Dein Sohn ist ein Hex-Rattunte´L, ein machtergreifender Zwergengeist!"

B

„Hast du dein Bettlaken geraucht?"

H

„Hör zu Joachim. Dein Sohn muss vernichtet werden bevor er auch von euch die Macht ergreift. Zuerst musste er immer in der Nähe seiner ausführenden Gestalt sein, aber mittlerweile nicht mehr."

„Außerdem wird sein Radius größer, sodass er schon 8 Leute gleichzeitig steuern kann."

B

„Moment, Moment, Moment.....da versteh ich einige Sachen trotzdem nicht. Die beiden Tusen da, wie hießen sie gleich, Harry? Wir waren mit Robert da."

H

„Susanne Stockmond und Florentine Sauerschaum. Sie starben wegen der Verbindung von dir und Robert."

„Robert kannte die Tänzerin vom Club."

„Und du und Robert sind sehr gute Freunde. Die beiden Mädels waren wohl, so wie es aussieht, auch befreundet. Die gute Frau Flunnsen war einige Zeit Erzieherin in der Kita wo dein Sohn war. Und die Beziehung von Vromms seiner Frau liegt somit auch auf der Hand. Er war zu der Zeit der Erzfeind von dir, Joachim!"

B

„Und die Attacke auf den Wochenmarkt?"

„Der Wirt war ein 69 jähriger Kauz der sich nur noch schwerlich bewegen konnte. Er brauche also einen neuen. So entschied er sich einfach mit dem Bus in die Menge zu rasen und sich einfach eine Hand voll potenzieller Kandidaten auszusuchen. Er entschied sich für einen 42 jährigen Bayer, der Gratisweißwurst an seinem Stand verteilte. Ab da verteilte er seine Kraft auf mehrere probierende Busfahrer und ging bis dahin seinen Weg. Und jetzt stehen wir hier!"

„Das ist voll der spannende John Sinclair Roman!"

„HALT DIE FRESSE, FRITZ!"

„Ist ja gut."

„Hört zu, ich sauge mir das nicht aus den Fingern."

H

„Ich arbeite mit dem Theologen Gravunder Schitzpiloke
zusammen."

„Er ist ausgewiesener Experte auf dem Gebiet
der Hamlahh ak Weetsch.

Das ist eine uralte Kulturgemeinschaft am Gipfel des
Himalayas dessen Aufgabe es ist, diese selten auftretenden
Phänomene aufzuspüren und zu beseitigen. Er ist kurz vor dem
Durchbruch die alten Schriften des Wuuktit Zallaba zu
übersetzen und wird danach direkt mit mir Kontakt aufnehmen."

Eiserne Stille.....

B

„Ok.....nehmen wir an das deine grauen Zellen doch
durch den Trichter gepasst haben und stelle dir noch
eine weitere wichtige Frage. Wo ist Schawatzki?"

Hämmer blickt zu Blaosiegel hinüber und beginnt zu grinsen.

Der Grund dafür sitzt abstinent in einer Gaststätte. Ellandrio Schawatzki, der sich intern einem Seelenstrip unterzieht und tief versunken in Gedanken eine Münze in die Jukebox steckt um den Drive Soundtrack „Real Hero" zu genießen, ist gewollt ein neues Leben zu beginnen. Die Bardame stellt ihm seine Bestellung auf den Tresen und sagt:

„Hier, ihr warmer Kakao."

„Danke."

Schawatzki nimmt den Kakao und geht langsamen Schrittes an den Tisch um sich zu setzen. Wie Ellandrio selbst lehnen wir uns zurück und begleiten ihn auf seiner Gedankenreise:

„Ich hätte niemals gedacht das ich in so kurzer Zeit zu etwas weltbewegendem reife. Ich musste feststellen, dass jeder Mensch mit einem dunklen Geheimnis ausgestattet ist."

„Was wollte Franz nicht alles aus mir machen? Ich sollte ein Held in einer Tageszeitung werden. Das alles lag gar nicht in meiner Absicht. Ich wollte nur das Unrecht bekämpfen und stelle jetzt fest, dass die Wurzel des Bösen viel tiefer ragt als ich dachte. Es klang alles so einfach. Ein Mordfall mit einem übelgelaunten Busfahrer."

„Doch in Wirklichkeit handelt es sich um eine internationale Verschwörung. Busbestie....HA......die Zeitung steckte mit drin. In dem ich sie alle erschossen habe, habe ich vielen Menschen viel Arbeit erspart. Doch hier kann es nicht aufhören. Auch die Tageszeitung hatte Komplizen, von wem sollten sie sonst ihre Infos erhalten? Und von den Leuten die die Zeitung lesen gar nicht erst zu reden. Die Vermutung liegt nahe dass ich der einzige bin der von der ganzen Sache weiß. Doch sie haben die Rechnung ohne mich gemacht!"

Schawatzki steht langsam auf, klatscht 5 € auf die Theke und sagt:

„Passt so."

Er geht hinaus auf den Parkplatz und setzt sich in ein Cabrio. Seine neu gefundene Liebe zur 80er Jahre Musik betont er mit dem Anschalten des Autoradios. David Hasselhoff´s „True Survivor" ertönt lautstark mit Bassboost aus dem Auto.

„Ich weiß von ihnen, aber sie wissen nichts von mir.

Und das ist mein größter Vorteil. Ich werde jeden

einzelnen dieser hochkriminellen Menschen finden

und verhaften. Oder im Notfall für immer zum Schweigen

bringen. Und das alles innerhalb eines halben Jahres, denn

dann ist mein TÜV abgelaufen und was ist ein Mann ohne sein

Auto?"

Schawatzki öffnet das Klappdach. Der Wind um seine Ohren ist das Zeichen seiner neu gefundenen Freiheit!

„Ein Mann mit meinen Fähigkeiten gibt es nur einmal.

Sie nennen mich Schawatzki, doch ich nenne

mich....HEDENA!....der Held der Nacht!

und ich werde niemals stoppen!"

Schawatzki stellt sich aufrecht ins Auto und spreizt die Arme während er in den Sonnenaufgang fährt.

Die von Hämmer geschilderte Geschichte löst folgende Reaktion bei allen Beteiligten aus:

„HAHAHAHAHAHA"

B

„Wenn du weißt was er getan hat und weißt was er noch vorhat, warum hast du ihn dann nicht gleich festgenommen?"

H

„Ich muss ja auch nach diesem Fall noch was zu tun haben."

BS

„ICH HABE KEIN VERSTÄNDNIS DAFÜR WARUM WIR UNS MIT SOLCH SKURILLEN GESCHICHTEN BEFASSEN WENN WIR ES JETZT UND HIER BEENDEN KÖNNEN!"

Schmitt lädt seine M60.

H

„Ganz einfach weil uns noch das letzte Puzzleteil fehlt. Aber ich werde mich kurz zu einem Telefonat zurückziehen und versuchen mit Gravunder zu reden."

„ICH HALTE DAS FÜR VOLLKOMMEN UNNÖTIG UND MÖCHTE GERNE ZUM ANGRIFF ÜBERGEHEN!"

B

„Warte noch kurz..."

„Jack, mach schnell, der Kerl hat einen nervösen Zeigefinger."

Hämmer zieht sich in den Hintergrund zurück.

„Ich habe nicht verstanden warum er Gloria abgemurkst hat."

V

„Dein Samen ist böse."

„Ist ja nicht so das ich ihr einen Braten in den Ofen geschoben habe."

F

„Ich habe filmischen Beweis deiner sexuellen Triebigkeit, Joachim. Möchtest du es dir ansehen?"

B

„Ja eben, dann müsste ich ja.....

Jack?.....Jack?"

Hämmer kommt wieder zur Gruppe hinzu und sagt:

H

„Es ist dem Vampirismus sehr ähnlich.

Tötet den Meister und die Unterschafft wird gerettet."

B

„Also hast du Florence umsonst weggelötet?"

H

„Nicht unbedingt. Je nachdem wie oft du dem sexuellen

Intermezzo gefrönt hast beträgt die Inkubationszeit nur wenige

Stunden."

„Die Schlampen in der Bar hast du hoffentlich jeweils

nur 1 x bestiegen?"

B

„Woher zum Geier weißt du...?

Äääähhh, ja, hab ich!"

„Dann haben die alle noch genügend Zeit.

Wir müssen deinen Bastardjungen nun dem

Erdboden gleich machen."

B

„Ok, hat einer ne Idee wie wir zu ihm durch gelangen?"

Schmitt lädt eine MP5 durch.

V

„Ohne dabei die Geiseln zu gefährden?"

BS

„EIN KLEINES OPFER FÜR

EINEN GROSSEN SIEG!"

Als taktischer Führer mischt sich Petrolia ein:

„Wir müssen diese Schaar irgendwie ablenken,

oder jemand von uns muss sich unter die Geiseln

wagen und Undercover die Leute ausschalten."

BS

„DIESES UNTERFANGEN IST EINE VIEL ZU AUFWENDIGE ANGELEGENHEIT! DIESE GEFESSELTEN MENSCHEN SIND NICHT MEHR ZU RETTEN! ICH GEHE ALLEINE REIN UND RETTE WAS ZU RETTEN IST. DOCH MEINE MISSION HEISST ZERSTÖRUNG!"

B

„Faszinierend."

V

„Deine Ideen sind jenseits realistischer Vorstellungskräfte."

F

„Das ist so ein monströser Clusterfuck hier grade. bei Youtube sind schon Tributvideos von euch."

BS

„MEINE SPRACHE IST DIE WAFFE UND ICH ERBITTE MIR NUN ENDGÜLTIG DIE ERLAUBNIS ZUM ALLEINIGEN FRONTALANGRIFF!"

P

„Ich werde diesen Befehl nicht geben, Bernd."

BS

„DANN ZWINGEN SIE MICH ZU NOCH

DRASTISCHEREN MASSNAHMEN, SIR!

NOCH HABEN SIE DIE MÖGLICHKEIT MIR DEN

EISERNEN STREITKOLBEN ZU ÜBERREICHEN

UND DIE ZUNGE DER VERNUNFT

SPRECHEN ZU LASSEN!"

P

„Bernd...es reicht!"

Mit den Händen auf dem Rücken verschränkt, wendet sich
Schmitt langsam aber gehobenen Hauptes von der Gruppe ab.

B

„Ich bin mir sicher er hätte es geschafft!"

239

P

„Er hat vor Monaten schon mal eine Geiselnahme verhindern wollen mit 4 Geiseln und 2 Geiselnehmern. Ergebnis? 19 Tote."

V

„Effizient! Kurze Zündschnur wie mir scheint."

P

„Und trotzdem unser bester Mann!"

V

„Hat jetzt irgendeiner 'ne bessere Idee nachdem John Whitecloud unsere Gruppe verlassen hat?"

B

„Ich finde die Infiltrationsidee ziemlich gut!"

P

„Das sagst du nur weil du weißt dass wir dich nicht nehmen würden weil dein Fettarsch in der Menge sofort raussticht."

Blaosiegel hebt den Daumen.

V

„Hämmer, wie viel Zeit haben wir denn jetzt eigentlich noch?"

H

„Ihr? Keine Ahnung! Aber der Bus scheint kurz vor der Vollendung zu stehen. Freundet euch mit der Incognitosache an!"

V

„Wieso redest du eigentlich immer nur von uns? Du bist da genauso mit drin!"

„Ich hab rechtzeitig vorgesorgt und Alufolie unterm Hut. Unkontrollierbar!"

„Bleibt nur noch die Frage offen wen wir jetzt da reinschicken."

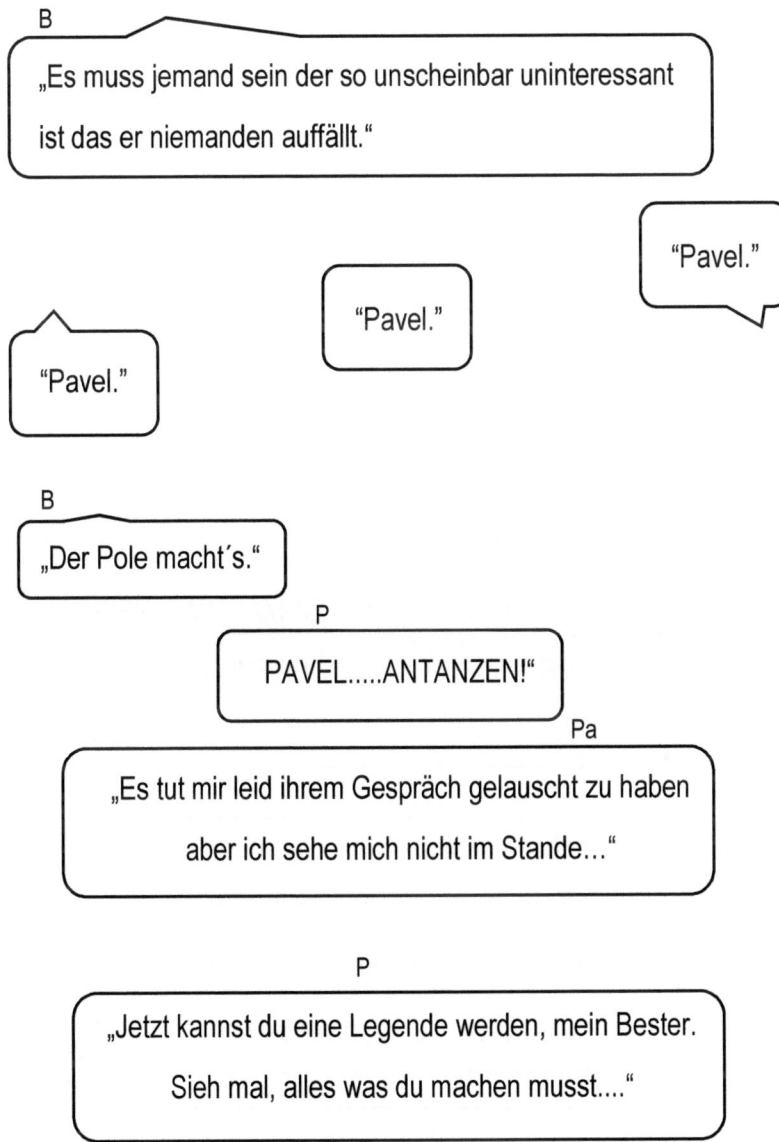

B
„Es muss jemand sein der so unscheinbar uninteressant ist das er niemanden auffällt."

"Pavel."

"Pavel."

"Pavel."

B
„Der Pole macht´s."

P
PAVEL.....ANTANZEN!"

Pa
„Es tut mir leid ihrem Gespräch gelauscht zu haben aber ich sehe mich nicht im Stande..."

P
„Jetzt kannst du eine Legende werden, mein Bester. Sieh mal, alles was du machen musst...."

B

„LEUTE!"

Blaosiegel zeigt in den entfernten Horizont wo 3 amerikanische Stealth Bomber in der Entfernung zu erkennen sind. Petrolia kann nicht glauben was er sieht und sagt:

„Beeeeeernd?"

BS

„DIES IST DIE ALLERLETZTE MÖGLICHKEIT DAS RUDER DER GERECHTIGKEIT NOCH EINMAL UMZUREISSEN, MEIN VEREHRTESTER RUDELFÜHRER! GEBEN SIE MIR DEN BEFEHL!"

H

„Bernd, du bist eine unaufhaltsame Killermaschine."

Du kannst kein Leben retten. Du kannst es nur vernichten.....und ich sage dir...!"

BS

„NOCH 44 SEKUNDEN BIS ZUM EINSCHLAG DES BOMBENTEPPICHS!"

F

„Ich bring mich und meine Kamera lieber in Sicherheit."

B

„Magnus?"

B

„Wo ist der Unterschied? Das Ergebnis ist doch das gleiche, oder?"

P

„Petrolia an Command, hören sie mich...? Petrolia an Command....sofortiger Rückzug aus dem Gebiet! Ich wiederhole..."

BS

„ZWECKLOS! ICH HABE IHR SIGNAL BLOCKIERT! DER SIEG IST NAHE!"

P

„VERDAMMT, WO IST MEIN HELM? ICH VERPISS MICH VON HIER!"

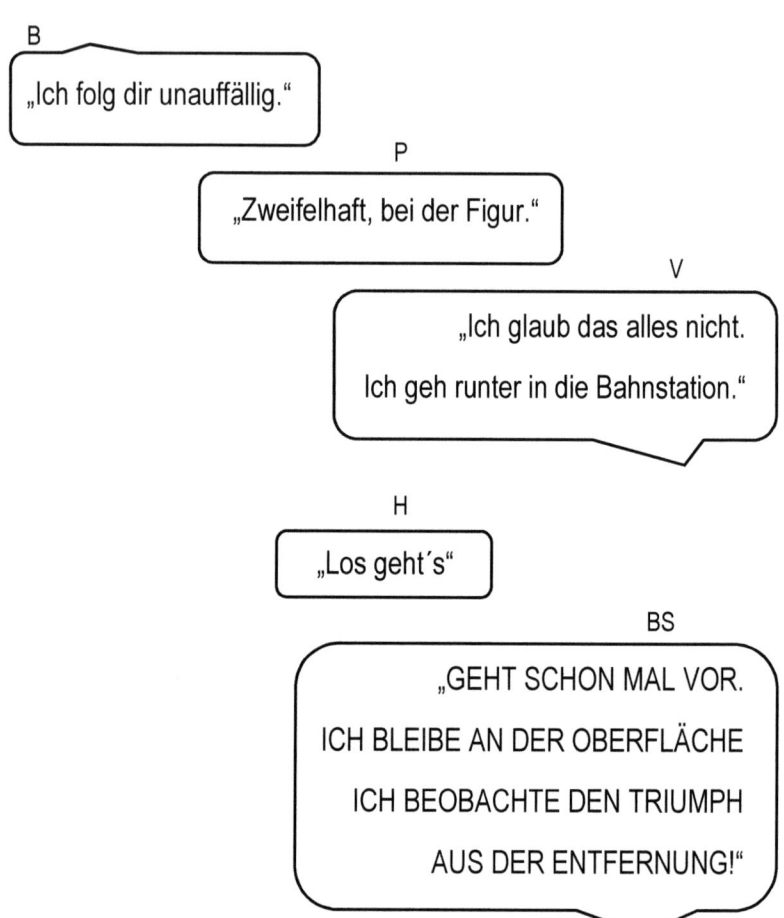

B

„Ich folg dir unauffällig.“

P

„Zweifelhaft, bei der Figur.“

V

„Ich glaub das alles nicht.

Ich geh runter in die Bahnstation.“

H

„Los geht´s“

BS

„GEHT SCHON MAL VOR.

ICH BLEIBE AN DER OBERFLÄCHE

ICH BEOBACHTE DEN TRIUMPH

AUS DER ENTFERNUNG!“

Die Mannschaft geht geschlossen die Treppen zur Station hinunter.

B

„Sind wir hier unten sicher?“

P

„Mehr als das. Es handelt sich nur einen Napalmregen.

Oben wird alles zermatscht, aber wir können hier

unten ruhig Bingo spielen."

V

„Wird es sehr laut?

Ich habe nämlich empfindliche Ohren."

Hämmer wird skeptisch.

H

„Ein merkwürdiges, dennoch sehr schnelles Ende.

Ich bin überrascht."

B

„Wirst du jetzt sentimental?"

H

„Bin auch nicht mehr der Jüngste!"

V

„Joachim.....du nimmst das alles ziemlich gelassen.

Ich meine die ganze Geschichte muss dir doch

ziemlich an die Nieren gehen."

B

„Geht so...war ´ne ziemliche Bratze!"

V

„Verstehe."

Der Einschlag ist laut und deutlich über mehrere Sekunden zu hören. Der Boden vibriert außerordentlich und viele Schreie sind wahrzunehmen. Sowie Schmitt, der an der Treppe die deutsche Nationalhymne singt.

V

„SCHEEEEEEEISSSSSSSSSEEEEEEEEEEE!"

Es ist vorbei. Schmitt kommt mit Staub im Gesicht die Treppen hinunter.

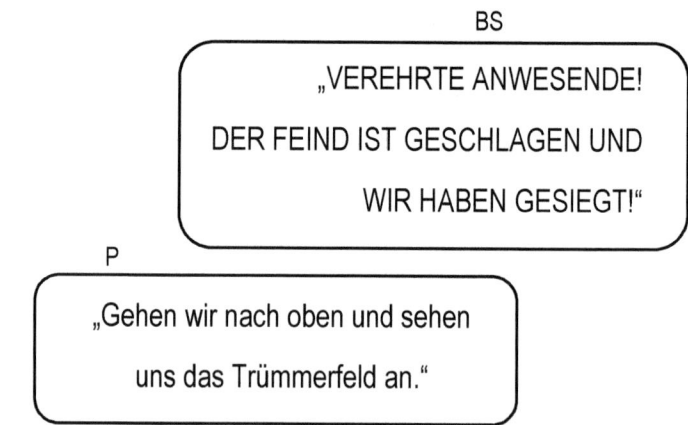

BS

„VEREHRTE ANWESENDE!

DER FEIND IST GESCHLAGEN UND

WIR HABEN GESIEGT!"

P

„Gehen wir nach oben und sehen

uns das Trümmerfeld an."

Versammelt verlassen alle die untere Station und stehen vor
einem Scheiterhaufen.

B

„Wow....seht euch das an."

BS

„EINE EPISCHE RUHE, KAMERADEN!

DAS IST DER KLANG EINER GEWONNENEN SCHLACHT!"

Schmitt nimmt sich eine Hand voll Asche und Staub vom
Boden und lässt es durch die Hände rieseln.

BS

„DAS GRAUE GOLD!"

V

„Junge, du musst dermaßen einen kurzen haben,

ich bin mir meiner weiteren Wortwahl ungewiss."

P

„Bernd, ich habe dich immer in Schutz genommen,

aber diesmal bist du erheblich zu weit gegangen.

Das wird definitiv Konsequenzen haben!"

Hämmer schreitet ein.

H

„Zur Zeit eine zweite Geige. Wir müssen dringend herausfinden ob alle erwischt worden sind. Folgt mir."

B

„Der Bus ist total ausgebrannt."

H

„Hoffen wir das wir was drin finden."

V

„LEUTE.....Das ist definitiv eine Kinderleiche."

B

„Ja...und das ist ein Spielzeugbus.

Der von meinem Sohn. Sein Lieblingsspielzeug."

H

„Der Kreis schließt sich immer mehr.

Es ist vorbei, Leute."

V

„Beste Nachricht des Tages.

Selten hatte ich mehr Lust

auf einen Besuch im Striplokal.

Wer kommt mit mir mit? "

Alle verlassen langsamen Schrittes den Schrottplatz.

B

„Also ich hätte nix gegen Teil 2 einer ekelerregenden

Gangbangorgie mit wildfremden willigen

Bordsteinschwalben...Fritz, was sagt der Akku?"

F

„Glaub ja nicht das ich mein Haus ohne Ersatzakkus

verlasse. Lass die Hüften kreisen, mein Bester.

Und welche Rolle wollt ihr bei meinem Spektakel spielen?"

P

„Schlampenvortester."

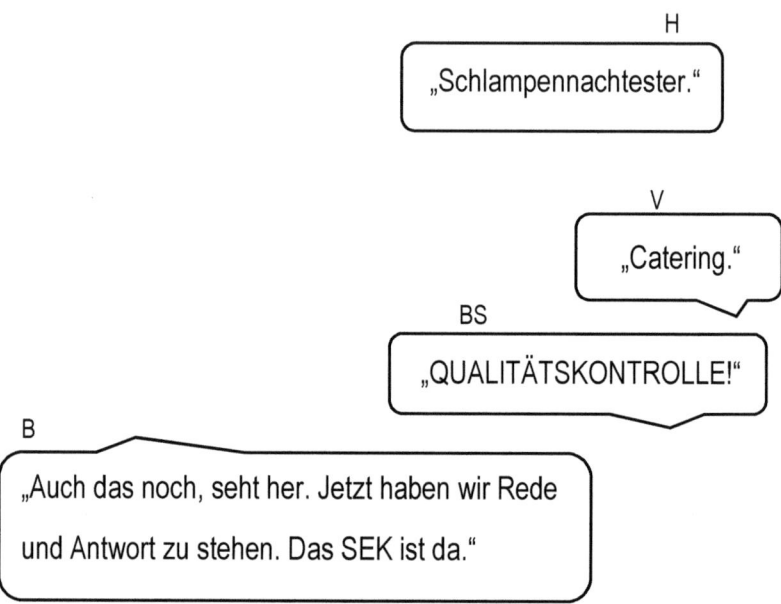

„Schlampennachtester."

„Catering."

„QUALITÄTSKONTROLLE!"

„Auch das noch, seht her. Jetzt haben wir Rede und Antwort zu stehen. Das SEK ist da."

Aus mehreren Metern Entfernung kommt ein SEK Mann aus einer großen Karawane voll schwarzen Wagen auf die Leute zu. Er blättert in seinen Unterlagen und fragt:

„Joachim Blaosiegel...wer ist das von ihnen?"

Alle gucken sich gegenseitig in die Augen und schreien:

„WIR SIND ALLE JOACHIM BLAOSIEGEL!"

B

„Ich weiß das grad echt zu schätzen Jungs, aber ich brauche euch anderweitig. Ich weiß ganz genau was jetzt passiert!"

V

„Was meinst du?"

„Ich weiß warum diese Hodenkolonne hier aufgetaucht ist!"

Der SEK Mann stellt sich selbstbewusst vor den Leuten hin und sagt:

„Joachim Blaosiegel, sie sind festgenommen wegen mehrfaches Mordes, Totschlags, Widerstand gegen die Staatsgewalt und Beamtenbeleidigung! Alles was sie sagen..."

B

„Spars dir, du Hemdenbügler. Leg mir einfach die Handschellen an und wir regeln das vor Gericht!"

Auch Hämmer scheint verwundert.

H

„Was ist hier eigentlich grad los?"

SEK

„Herr Blaosiegel steht im dringenden Verdacht die Busbestienmorde begangen zu haben."

V

„Wir haben gerade den gesamten Fall gelöst, du Tischdeckensammler."
Von wem kommt denn jetzt diese Anzeige?
Von einem Staatsanwalt ganz bestimmt nicht!"

Der SEK Mann durchwühlt seine Akte und findet einen Namen.

„Ein gewisser Herr..."

B

„Rudi Knospe, Karl-Heinz Pimento oder Eduard Siegburg?"

„Ja genau, ein gewisser Herr Siegburg."

„Könntest du uns aufklären?"

B

„Nicht der Rede wert. Ist nur unser Fränzle der nicht damit klarkommt das er nix zum rattern hat. Jetzt versucht er mir die ganze Scheiße in die Schuhe zu schieben."

V

„Ok, und was sollen wir tun?"

B

„Das was wir eben zusammen machen wollten, nur ohne mich. Sagt vor Gericht einfach für mich aus."

B

„Diesmal machen wir ihn endgültig fertig. Bis bald, Jungs!"

Blaosiegel steigt mit gefesselten Händen in den abgedunkelten Wagen und fährt davon. Sprachlos stehen alle wie die Kuh vor der Scheune. Einzig Fritz findet ausnahmsweise die passenden Worte:

> „Das ist der Moment,
>
> wo die Kamera einfach mal schweigen muss."

-Klick-

3 Wochen später....

Branasien ist nach wie vor in Aufruhr über die wohl spektakulärste Verbrecherjagd aller Zeiten. Joachim Blaosiegel polarisiert wie kein anderer in der Medienlandschaft. Wir wohnen seiner Gerichtsverhandlung bei, wo der Angeklagte gerade mit Handfesseln und Fußketten zur Anklagebank gebracht wird.

Der Richter mit dem Namen Santiago betritt den Saal und alle anwesenden erheben sich. Nach einem kurzen Blick in die Runde sagt der Amtsausführende:

„Bitte nehmen sie Platz,
meine Damen und Herren.“

B

„Na endlich.“

Sa

„Herr Blaosiegel, wir verhandeln heute ihre Strafsache
wegen Hochverrat, versuchten Mordes und Totschlags.
Zu ihrer Verteidigung ist Herr Hämmer erschienen,
die Staatsanwaltschaft übernimmt Herr Klantern.“

Sa

Herr Blaosiegel, sie als Beschuldigter haben natürlich das
Recht als Erster auszusagen. Ich nehme an,
Herr Hämmer, ihr Mandant nimmt von seinem Recht
Gebrauch?

H

„Tut er, Herr Richter!“

S

„Herr Blaosiegel,

dann dürfte ich sie einmal nach vorne bitten."

B

„Boah, das stinkt hier.

Ist die Plörre wenigstens frisch?"

Sa

„Herr Blaosiegel, sie heißen Joachim mit Vornamen,

sind 46 Jahre alt, Privatermittler von Beruf,

verheiratet und leben in Poppendorf."

B

„Passt.

Sa

„Dann erzählen sie mal was sich aus ihrer

Sicht in den Tagen der Busbestienmorde ereignet hat."

B

„Können wir das nicht einfach verkürzen

indem wir uns einfach alle eingestehen das

Franz Schuske dringend was zwischen das

Sitzfleisch braucht und deswegen schlecht

gelaunt ist?“

Sa

„Jetzt bleiben sie mal bitte sachlich und schildern

uns mal was sie mit dieser ganzen Sache zu tun haben.

Immerhin sind die Anschuldigungen von Herrn Siegburg sehr

schwerwiegend,...

...wohingegen sie mit einem Haufen voll Zeugen,

die für sie aussagen, aufwarten können, Herr Blaosiegel.

Also lassen sie uns langsam anfangen. Herr Siegburg war ihr

direkter Vorgesetzter, ist das korrekt?“

B

„Er heißt nicht so, aber ja, das ist korrekt.

Er hatte mich auf die Busbestiensache angesetzt

und als sich seinen Trieben nicht nachkommen wollte,

hat er mich des Amtes enthoben."

S

„Von welchen Trieben reden wir denn da?"

B

„Sexuellen Trieben. Mein Verteidiger

kann das bestätigen."

H

„Absolut korrekt, Herr Richter. Dies ich nicht mehr als eine

billige Racheaktion von einem zweitklassigen Privatdetektiv.

Er ist mein direkter Nachfolger gewesen."

Sa

„Herr Hämmer, Sie waren also der frühere

Vorgesetzte von Herrn Blaosiegel?"

„Korrekt, er war mein bester Mann!"

B

„Hören sie, Herr Richter. Verkürzen sie das ganze hier.

Ich kann ihnen sowieso sagen was ich will.

Schuske wird sich selbst verraten wenn er reinkommt.

Lassen sie ihn aussagen und ich klapp ihn um wie einen

Klodeckel. Er wird keine Chance haben."

Sa

„Wenn sie hiermit ihre Aussage beenden möchten,

liegt das sehr wohl in ihrem Recht. Dann nehme ich

das ins Protokoll auf und ich nehme an es gibt keine Einwände

seitens der Staatsanwaltschaft..."

„Nein."

„Und der Verteidigung."

„Nein."

Sa

„Gut, dann sind sie entlassen und dürfen neben

ihrem Verteidiger Platz nehmen."

„Na prächtig....jetzt wird´s interessant!"

„Holen sie den Nulpenpriester so schnell wie möglich rein damit ich loslegen kann!"

Sa

„Herr Blaosiegel, bitte unterlassen sie diesen Wortlaut sonst setzt es ein Ordnungsgeld."

B

„Wie auch immer."

Sa

„Dann einmal der besagte Herr Siegburg bitte eintreten."

Schuske betritt den Saal mit Perücke und falschem Bart.

.

B

„HAHAHAHAHA, du bist so eine

Pflaume zum fremdschämen!

Am liebsten würde ich dir hier, auf der Stelle

vor versammelter Mannschaft, ins Gesicht scheißen.“

Sa

„Herr Blaosiegel, damit setzt es ein Ordnungsgeld

in Höhe von 200€, ersatzweise Ordnungshaft.

Das können sie sich dann aussuchen.“

B

„Alles klar, Oskar!“

Fritz ruft von den Zuschauerrängen:

„Auch im Gerichtszimmer ist er ein Winner.“

Verärgert bittet der Richter um Personalien:

„Wer bitte sind sie?“

„Ähh, Fritz Hanisch mein Name,

ich werde später noch als Zeuge aussagen."

Sa

„Dann sind sie bis dahin bitte ruhig."

„Aber natürlich."

Sa

„Herr Siegburg, bitte entschuldigen sie die

Unannehmlichkeiten. Wir kommen jetzt erstmal

zu ihrer Personalie. Sie heißen Eduard mit Vornamen,

sind 57 Jahre alt, verwitwet und wohnhaft in Bückeburg?"

Steilvorlage für Blaosiegel:

„Passt perfekt!"

S

„Ich hasse sie, Blaosiegel."

Sa

„So, jetzt nehmen wir alle wieder etwas Haltung ein.

Herr Siegburg, ich nehme an die Personalien waren korrekt.

Woher kennen sie denn eigentlich den Angeklagten?"

„Ähhh, das tue ich doch gar nicht."

Sa

„Naja, sie haben ja eben grade verlauten lassen

dass sie den Angeklagten hassen, oder etwa nicht?"

S

„Das ist mir so rausgerutscht

weil er mich ausgelacht hat."

Sa

„Nun denn, Herr Siegburg. Schildern sie uns wie sie

auf diese doch recht harten Vorwürfe kommen."

S

„Nun, sehen sie….ich bin ein sehr enger Vertrauter

des ehemaligen Vorgesetzten des Angeklagten,

Herr Schuske. Und es ist wirklich unfassbar

wie menschenverachtend der Angeklagte agiert."

Mit schelmischen Grinsen hätte Verteidiger Hämmer eine
Frage:

„Herr Siegburg, ich hätte da eine Frage. Sagen sie,
haben sie dort einen falschen Bart?"

S

„Also, wie kommen sie denn auf diese abstruse Idee?
Das ist ja wirklich abenteuerlich. Außerdem tut das hier nix
zur Sache. Ich bin hier um die Schuld des Angeklagten
zu beteuern."

H

„Nun, es ist ja folgendermaßen. Wenn sie uns hier eine falsche
Identität unterjubeln wollen hat ihre Aussage relativ wenig
Bedeutung. Insofern sollten sie noch einmal darüber
nachdenken was sie sagen."

S

„Ich leide an einer seltenen Hautkrankheit.
Ich fühle mich halt so besser!
IST ES DAS WAS SIE HÖREN WOLLTEN?"

B

„Franz, deine Perücke rutscht!"

Der Richter schaltet sich wieder ein:

Sa

„Herr Siegburg, wenn sie hier wirklich mit Maskerade

aufgefahren sind möchte ich sie bitten diese jetzt abzulegen.

Ansonsten würde ich Vollstreckungsmaßnahmen anordnen."

S

„Wenn es denn uuuuunbedingt sein muss."

Schuske legt seine Maskerade ab und ist den Tränen bereits
wieder sehr nahe.

B

„Hallo Franz. Fiese Hautkrankheit!

Ach nein, das ist ihre Nase!"

Schuske legt seine Hand ins Gesicht.

„Herr Siegburg....sofern sie überhaupt so heißen....

wollen wir hier jetzt mal ein bisschen Tacheles reden?"

Schuske kreuzt seine Arme, guckt nach unten und schweigt.

B

„Wenn ich einmal kurz ausholen darf lebt der besagte

Antragsteller unter mehreren Identitäten um seine

Ausschweifungen besser kontrollieren zu können."

S

„Ich hasse sie, Blaosiegel.

Ich wünsche ihnen das sie Krätze bekommen."

B

„Als ich angefangen habe ihn der Detektei hat er sich an

mich rangeschmissen. Dies hat er übrigens an alle die danach

kamen auch gemacht."

267

„STIMMT DAS?"

Schuske schweigt weiterhin.

B

„Als ich mit ihm zusammen was essen war

hatte er sich kurz aufs Klo verabschiedet. Daraufhin

hab ich sein Handy durchsucht um zu gucken mit wem

ich es hier eigentlich zu tun habe und habe herausgefunden,

dass er sich mit mehreren Identitäten auf Gayforen angemeldet

hat und einer davon ist der besagte Eddy, der jetzt enttarnt

wurde. Schade um ihn!"

S

„NA UND? DANN HAB ICH HALT GELOGEN.

TROTZDEM SIND SIE SCHULDIG!"

„ICH SORG DAFÜR DAS SIE AUF

DEN STUHL KOMMEN!"

„HAHAHAHAHAHA!"

Der Staatsanwalt hat großes Interesse bekommen.

K

„Sie heißen also Franz mit Vornamen.
Und wie ist ihr Nachname, bitte?"

S

„Oh Maaaaan.....Schuskeeeeee..."

K

„Herr Schuske, ich werde hiermit ein Ermittlungsverfahren
gegen sie einleiten, aber das ist Bestand eines späteren
Verfahrens. Fahren sie jetzt bitte mit ihrer Aussage fort."

S

„Ich war in der Redaktion wo dieses Massaker
stattgefunden hat und habe mir die Überwachungstapes
angesehen."

„Die haben sie ja auch der Staatsanwaltschaft übergeben, wenn ich das richtig verstanden habe?"

Der Staatsanwalt nickt und Schuske fährt fort:

S

„Genau...und darauf ist der Angeklagte zu sehen.... wie er kaltblütig alle Geiseln erschießt."

Sa

„Wir geben zu Protokoll das wir zusammen das Überwachungsvideo als Beweismaterial sichten und schauen uns mal an was darauf zu sehen ist."

Das Video zeigt ein stümperhaft zusammengeschnittenes Video indem Schawatzki mit etlichen Clippingfehlern rausretuschiert und mit einem Blaosiegelkopf aus dem Bewerbungsfoto gepastet wurde. Hämmer hätte dazu noch eine Frage:

„Herr Schuske...womit möchten sie unsere wertvolle Zeit noch weiter verschwenden?"

„Was meinen sie? Die Schuld des Angeklagten ist in meinen Augen zweifelsfrei bewiesen! WAS WOLLEN SIE DENN NOCH?"

Sa

„Ich glaube es ist für alle in diesem Saal klar erkennbar dass dieses Video manipuliert worden ist, oder irre ich mich?"

S

„Ich sehe dort Blaosiegel der mehrere Menschen erschießt!"

H

„Ich sehe dort einen farbigen Kopf auf einem schwarz weiß aufgenommenen Bildmaterial. Sie hätten sich etwas mehr Mühe geben können, Franz."

Der Staatanwalt sagt:

271

„Was für eine Scharade."

S

„Aber...aber...er hat auch den Befehl gegeben...

für das Bombenattentat auf dem Schrottplatz....

ES IST SO!"

Sa

„Da kann ich sie gleich beruhigen. Ein gewisser

Herr Schmitt hat voller Stolz seine Schuld bereits

eingeräumt. Den Schuh können sie ihm ebenfalls nicht

anziehen. Gibt's noch Fragen an den Zeugen, Herr

Staatsanwalt?"

„Definitiv nicht!"

Hämmer hätte noch eine Frage:

„Herr Schuske...drückt es ihnen wirklich

so doll an der Männerzwiebel?"

„Ich hasse sie auch, Hämmer. Sie haben mir immer nur böses gewünscht und waren nie für mich da. Sie können gleich mit ihm zusammen Krätze bekommen."

Sa

„Bleiben sie ruhig meine Herren, das wird eh 'ne schnelle Nummer hier...Herr Staatsanwalt, Herr Verteidiger, ich schlage vor die gesamten Zeugen noch schnell im Durchlauf anzuhören, wenn sie nix dagegen haben. Wo sie allemal grad hier sind."

„Keine Einwände."

„Nein."

Sa

„Dann bitte ich gleich sie nach vorne, Herr Hanisch. Wo sie vorhin doch so vorlaut waren können sie ja jetzt ihre ganzen Emotionen rauslassen."

F

„Sehr gerne, Herr Richter."

B

„Seit wann trägst du ´ne Brille, Lord Flöte?"

F

„Meine Follower wollen das so."

Fritz zwinkert Blaosiegel unmissverständlich zu.

B

„Mach schnell jetzt, ich will nach Hause auf mein Sofa und ´ne kühle Blonde genießen."

„HAHAHAHAHA."

Sa

„Wenn wir wieder einmal sachlich bleiben würden."

„Sie heißen Fritz mit Vornamen, sind 39 Jahre alt, arbeiten als Polizist, wohnhaft ebenfalls in Poppendorf und sind weder verwandt noch verschwägert mit dem Angeklagten?"

„Alles korrekt."

„Dann schildern sie uns mal ihre Sicht der Dinge."

„Joachim hat die Busbestie, die übrigens sein Sohn war, dingfest gemacht. Er hat sich keiner Schuld zu verantworten und hat mit dem Verlust seines eigenen Sohnes ein großes Schicksal erlitten. Wir waren wie die Scooby Doo Crew unterwegs und haben voll alles analysiert usw. Es war voll spannend und mein Youtubekanal ist sogar fast explodiert. Meine Güte, sehen sie sich doch das gesamte Material an. Es ist in 4K verfügbar auf meinem Channel. Hier ist meine Visitenkarte."

Hämmer hätte diesbezüglich eine Frage:

„Wenn ich einmal dazwischen schalten dürfte,
da ich ja mir ja das gesamte Material zu Gemüte
geführt habe."

„Sie bezeugen also dieses gesamte
Material gefilmt und veröffentlicht zu haben und sind
Zeuge der Hex-Rattunte´L Geschichte, die ich ja sogar
in dem Video ansprach."

F

„Das ist absolut korrekt, Herr Verteidiger."

Sa

„Ja ich denke auch das können wir hier abkürzen.
Ich denke, es sind keine weiteren Fragen..."

Schuske bricht erneut in Tränen aus:

„Dann sind sie entlassen. Herr Wachtmeister,

schicken sie mir bitte

den nächsten Zeugen Herrn Petrolia herein."

„Herr Petrolia, nehmen sie bitte hier vorne Platz."

P

„Danke."

B

„Servus, Petrus."

Sa

„Herr Petrolia, sie heißen mit Vornamen Magnus,

sie sind 42 Jahre alt, Polizist von Beruf, und leben in

Lübeck...ist das korrekt?"

„Wunderschön."

„Dann mal freie Fahrt, Herr Petrolia."

„Ich kann nicht mehr viel hinzufügen, außer das

Joachim Blaosiegel ein Vorzeigedetektiv ist, der gerne

mal verbal über die Stränge schlägt, aber den Job immer

gebacken bekommt. Es war mir eine Freude einige Jahre

mit ihm an seiner Seite arbeiten zu dürfen.

Ich nehme an sie haben die Doku genießen dürfen?"

Sa

„Haben wir.....mit Bier in der Hand!"

Völlig unerwartet schießt Schuske wieder einen los.

S

„ICH WURDE VERGEWALTIGT!"

Sa

„Herr Schuske...ist ihnen eigentlich vollkommen entfallen

wie lächerlich sie sich hier eigentlich machen?"

S

„ES IST ABER WAHR. DIE HABEN MICH IN DER ZELLE AN DEN NIPPELN GEZWICKT UND DANN HAT MICH EINE FRAU VERGEWALTIGT. ES MUSS AUF DER AUFNAHME DRAUF SEIN! SAGEN SIE WAS, HERR ANWALT!"

K

„Sie meinen eine gewisse Mechthild Dose, wenn ich mich nicht irre. Die ist sehr wohl auf dem Video vertreten mit mehrfachen Vergnügungen zusammen mit dem Angeklagten. Aber sie selbst, Herr Schuske, sind sehr wenig darauf zu sehen. Nur wie sie die versammelte Mannschaft in die Zelle sperren."

B

„ICH.....bin der Star dieser Dokumentation!"

S

„Sie haben das rausgeschnitten, Blaosiegel. Sie wissen das sie ein skrupelloser Gangster sind und..."

Sa

„Gibt´s noch Fragen an den Zeugen?"

„Nein:"

„Nein."

Sa

„Sehr schön, dann bitte direkt den nächsten
Zeugen Herrn Vromms reinrufen."

„Herr Vromms, bitte."

Sa

„Herr Vromms, nehmen sie bitte Platz.

Ich muss sie als Zeuge und Neuankömmling belehren

dass sie die Wahrheit sagen müssen ansonsten würden sie

sich strafbar machen."

„Sie heißen Harribert mit Vornamen, 38 Jahre alt, arbeiten als Privatdetektiv, sind wohnhaft in Neuschwanzstein und weder verwandt noch verschwägert mit dem Angeklagten?"

V

„Das klingt ganz gut."

Sa

„Dann schildern sie uns den Tathergang."

V

„Anfänglich war ich Herrn Blaosiegel sehr skeptisch gegenüber eingestellt, weil er sich nie an die Regeln hielt und immer nur mit unserem ehemaligen Chef aneinandergeraten ist."

V

„Doch es hat sich im Nachhinein dann doch alles anders rausgestellt. Dieser Mann da..."

Vromms zeigt auf Schuske.

V

„Ist die Definition einer unseriösen,

notgeilen Männerhure!"

Schuske rennt nach vorne, kneift Vromms in den Oberarm und sagt mit flüsternder Stimme:

S

„Vergessen sie nicht wem sie ihre Karriere

zu verdanken haben.

VERGESSEN SIE NIEMALS!"

Der Polizist greift ein und setzt Schuske zurück auf die Bank.

Sa

„Herr Schuske, so langsam bricht ihr kleines

Kartenhaus zusammen. Wie bei Herrn Blaosiegel

auch bei ihnen 200 € Strafe oder ersatzweise

Ordnungshaft. Herr Vromms, bitte fahren sie

fort."

V

„Na ja,.....wie sie sehen wurde er mit Zeiten recht forsch wenn er nicht das bekam was er wollte."

Sa

„Das ist zu sehen und höchstwahrscheinlich auch Thema eines anderen Verfahrens....

...wenn ich hier einmal frageblickend in die Richtung Herrn Klanterns blicken darf?"

K

„Definitiv, und Herrn Schuske kann ich hiermit auch schon einmal versichern....."

Schuske reißt sich vom festhaltenden Polizisten los und stürmt erneut auf Vromms zu, reißt ihn vom Stuhl und schmeißt sich auf ihn. Mit tief erregter Stimme sagt er:

„Jetzt bumse ich sie, Vromms. So wie ich es schon viel früher hätte tun sollen."

283

Der Polizist schlägt mit einem Schlagstock auf Schuske ein, während sich Blaosiegel auf seinem Stuhl kaputtlacht.

B

„HAHAHAHAHAHA!"

Der Polizist reißt Schuske von Vromms herunter, legt diesem Handschellen an und zerrt ihn zurück auf die Bank. Herr Klantern hat noch letzte Worte für den abzuführenden Endgegner:

K

„Herr Schuske, ich glaube das sie in dieser Verhandlung nicht mehr viel beizutragen haben und würde vorschlagen, sie jetzt erstmal abführen zu lassen. Sie sind festgenommen wegen Freiheitsberaubung, Körperverletzung, Nötigung, Vergewaltigung und ich glaube, sie brauchen jetzt erstmal 'ne Zelle um sich zu beruhigen."

Sa

„Hinzuzufügen ist natürlich die Ordnungshaft die ich mit sofortiger Wirkung verhänge. Das wären 30 Tage für sie einmal zum warmwerden."

B

„Das ist er schon."

Sa

„Und das sie sich schon mal daran gewöhnen was da alles auf sie zukommt. Führen sie ihn ab, Herr Polizist!"

B

„Tschüss, Fränzle. Wir kommen dich dann zusammen mal besuchen."

S

„Wir sind noch nicht fertig, Blaosiegel! DAFÜR HAB ICH GESORGT!"

Sa

„Ich glaube auch an diesen Zeugen gibt es keine weiteren Fragen."

Sa

„Sie können sich dann im Kollektiv zu der Schuske Sache in einem anderen Verfahren äußern, aber hiermit hat das erstmal nichts zu tun. Wir sind jetzt hier um die Unschuld Joachim Blaosiegel´s zu erörtern und ich glaube wir sind auf einem sehr guten Weg dahin. Wir haben jetzt noch 2 Zeugen vor uns und der nächste wäre hiermit ein gewisser Herr Brüsketti, der uns per Livechat beiwohnt. Herr Brüsketti, können sie mich hören?"

R

„Laut und deutlich. Hallo, alle miteinander."

B

„Robert, du Tittenstrolch. Ich wusste gar nicht das es dir wieder besser geht."

R

„Ich bin noch in einer Klinik zur Rehabilitation, werde aber um gegen Schuske auszusagen wieder 100% sein."

Sa

„Das können sie dann wann anders besprechen.

Jetzt erstmal zur ihrer Personalie. Sie heißen Robert

mit Vornamen, sind 35 Jahre alt, ledig, arbeiten bei der

Spurensicherung und sind weder verwandt noch verschwägert

mit dem Angeklagten?"

R

„Korrekt."

Sa

„Dann erzählen sie mal bitte."

R

„Joachim Blaosiegel ist einfach ein Original.

Wir sind wie geistige Brüder und haben uns

auch öfters mal eine Frau geteilt."

B

„Gehört hier nicht hin, Robert!"

R

„Ich kann einfach nix negatives über ihn sagen."
Dies alles ist eine billige Racheaktion eines
engstirnigen Arschklempners der mich hier rein gebracht hat."

Sa

„Wir wünschen ihnen viel Erfolg bei der Genesung um gegen
Herrn Schuske aussagen zu können. Wir würden ihnen
vorschlagen es hierbei zu belassen um sie nicht weiter zu
strapazieren."

R

„Viel mehr kann ich eh nicht sagen."

„Ich denke es sind keine weiteren Fragen mehr?"

Nickende Seiten an beiden Enden....

Sa

„Ok, dann danke ich ihnen für die Mühe
und wünsche ihnen gute Besserung."

288

Vromms hechtet dazwischen.

„Entschuldigung, ich hätte eine Frage. Robert?"

„Ja?"

„Was ist es was du mir sagen wolltest?

Kurz bevor Schuske dich.....weißt du was ich meine?"

„Ja, ich......glaubeeeee........ich erinnere mich!

Es ging um den Mord an deiner Frau, oder?"

„Ja, genau, du hast auch irgendwas gestammelt."

„Ach ja, ich erinnere mich.

Die Busbestie hat deine Frau nicht getötet.

Sondern deine Tochter!"

„WAS?"

„Die Busbestie muss eine Pistole durch das Fenster geschmissen haben und deine Tochter hat deine Frau erschossen. Daraufhin ist deine Tochter aus dem Fenster gesprungen und die Busbestie hat sie aufgefangen. Sie muss also noch leben."

Hämmer beginnt wie ein Wahnsinniger auf seinem Handy rumzudrücken und bittet um eine kleine Auszeit.

„Herr Richter, ich habe eine schreckliche Befürchtung gerade und möchte mich kurz aus dem Gerichtssaal entfernen."

B

„Musst du kacken?"

„Herr Vromms, ich habe bereits die Polizei außerhalb verständigt. Sie können jetzt sofort mit denen mitfahren und ihnen alles zu dem Thema sagen damit so schnell wie möglich Suchtrupps gebildet werden können."

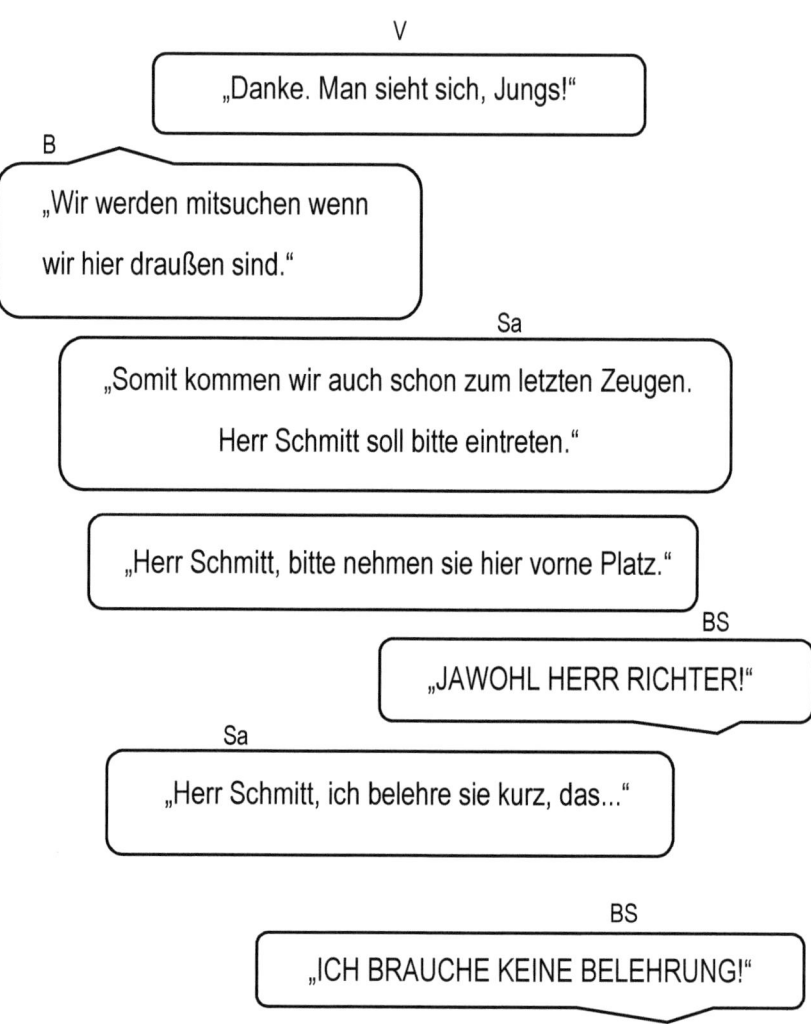

V
„Danke. Man sieht sich, Jungs!"

B
„Wir werden mitsuchen wenn

wir hier draußen sind."

Sa
„Somit kommen wir auch schon zum letzten Zeugen.

Herr Schmitt soll bitte eintreten."

„Herr Schmitt, bitte nehmen sie hier vorne Platz."

BS
„JAWOHL HERR RICHTER!"

Sa
„Herr Schmitt, ich belehre sie kurz, das..."

BS
„ICH BRAUCHE KEINE BELEHRUNG!"

Schmitt steht auf und legt seine Hand auf die Brust.

„ICH BIN HIER UM DIE WAHRHEIT, UND NICHTS ALS DIE WAHRHEIT, AUSZUSPRECHEN! JEDWEDE ANDERSARTIGE REDEWENDUNG WERDEN SIE IN MEINER SYNTAX NICHT VORFINDEN!"

Sa

„Ähh, da bin ich aber erleichtert.
Sie dürfen sich jetzt wieder hinsetzen, Herr Schmitt."

BS

„VIELEN DANK, HERR RICHTER!"

Sa

„Dann kommen wir kurz zu ihrer Personalie.
Sie heißen Bernd mit Vornamen."

BS

„JAWOHL HERR RICHTER!"

Sa

„44 Jahre alt."

BS

„KORREKT, HERR RICHTER!"

Sa

„Arbeiten als Polizist."

BS

„UND SANITÄTISCHER FELDWEBEL, DAS STIMMT, HERR RICHTER!"

Sa

„Wohnhaft in Dresden?"

BS

„UNMISSVERSTÄNDLICH, HERR RICHTER!"

„Und sind mit dem Angeklagten weder verwandt noch verschwägert?"

„NEIN, VEREHRTER RICHTER!"

„Sehr schön, Herr Schmitt. Dann schildern sie doch mal ihre Sicht der Dinge."

„ALS ICH VOR MEHR ALS 20 JAHREN MEINEN DIENST ANNAHM, UND DAMIT MEINEN EID SCHWUR DIESEM LAND ZU DIENEN UND VOR GEFAHREN ZU SCHÜTZEN,

WAR ICH NOCH GRÜN HINTER DEN OHREN UND BLAUÄUGIG. ICH BIN DURCH VIELE SCHLACHTEN GEGANGEN OHNE EINEN MANN HINTER MIR ZU HABEN! UND DAS HAT MICH ZU DIESEM STÄHLERNDEN KRIEGER GEMACHT DER HEUTE VOR IHNEN SITZT!"

„ICH KANN AM HEUTIGEN TAGE MIT ÜBERZEUGUNG SAGEN, DAS JOACHIM BLAOSIEGEL EINER DER LETZTEN ÜBERLEBENDEN DEUTSCHEN IST! ER BESCHÖNIGT NICHT, ER GEHT NACH VORNE. SO WIE ES EIN MANN TUN MUSS! UND DABEI IST ES IHM GLEICH WEN ER DABEI UNTER DIE RÄDER SCHICKT! ICH SAH VIELE MENSCHEN. DIE MEISTEN OHNE PRINZIPIEN UND WERTE. OHNE MUT. OHNE EIER! DOCH JOACHIM BLAOSIEGEL HAT MIR HOFFNUNG GEGEBEN!"

„HOFFNUNG, DAS AUCH IN ZEITEN WO SELBST DIE VERTRAUTESTEN PERSONEN NICHT MEHR AUF DEINER SEITE SIND, JEMAND ZU DIR AUFBLICKEN KANN! UND MIT STOLZ UND ANMUT WERDE ICH NUN..."

Schmitt erhebt sich.

„AUFSTEHEN.....JOACHIM BLAOSIEGEL IN DIE AUGEN SEHEN UND SAGEN.....DANKE.....DANKE FÜR DIESEN AUSNAHMEMENSCHEN!"

Schmitt beginnt zu applaudieren. Fritz macht mit. Petrolia macht mit. Alle machen mit. Lautstarke „Let's Go Joe" Rufe ertönen wie einst im Flusenpeter.

Draußen ist Hämmer mit Gravunder am Telefonieren.

„Jaja, ich habe gerade erfahren das sie wohl noch lebt. Oh nein! Und was kann jetzt passieren? Ok, ok ich sag's den anderen. Ja, ich melde mich. Mach's gut."

Hämmer rennt zurück in den Gerichtssaal und schreit:

„HÖRT AUF! STOP JETZT!

ES IST ETWAS GESCHEHEN!"

B

„Was fällt dir ein diese

großartige Zeremonie zu stören?"

H

„Hört alle mal her. Die Busbestie lebt!

Und es ist noch viel schlimmer als zuvor!"

BS

„DER FEIND WURDE MIT KOLLOSALER MACHT

ZERSCHMETTERT!

DIESE AUFRUHR IST NICHT VON NÖTEN!"

H

„Nein, ihr versteht nicht! Joachim, dein Sohn hat seine

Macht geteilt. Mit der Tochter von Harribert. Deswegen hat

er sie entführt...oder entführen lassen....verstehst du?"

B

„Nein...und ich muss auch sagen das der Chor der meinen Namen gerufen hat mir besser gefallen hat!"

H

„Joachim, um es zu beenden hätten wir sie beide wegnieten müssen. Und jetzt haben wir ein noch viel größeres Problem!"

B

„Jack, hier sind 50 Leute die mir gerade die Nüsse lecken! Komm zur Sache!"

H

„Dein Sohn haben wir erwischt, aber Harribert´s Tochter lebt weiterhin."

„Das bedeutet, dass eine Verbindung hergestellt wurde zwischen unserer Welt und der Welt der Toten."

B

„Das bedeutet was?"

H

„Dein Sohn steuert die Toten und Harribert´s Tochter ist die Verbindung hierher. Ich habe gerade mit Gravunder telefoniert und laut dem Wuuktit Zallaba bedeutet das folgendes...."

Auf dem plattgemachten Schrottplatz befindet sich ein abgeranztes Moped, welches auf den ersten Blick unscheinheilig wirkt, jedoch....

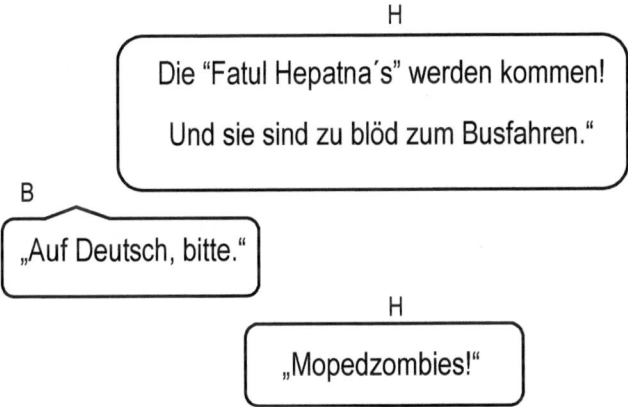

H

Die "Fatul Hepatna´s" werden kommen! Und sie sind zu blöd zum Busfahren."

B

„Auf Deutsch, bitte."

H

„Mopedzombies!"

Aus einem kleinen aufgewühlten Haufen vor dem Moped erstreckt sich eine faulige Hand, die nach dem Töff Töff greift.

Es ist besiegelt!

© 2019 Bums Revolver

Umschlag und Design: Bums Revolver

Idee: Härens Smöljnak

Herstellung und Verlag: BoD- Books on Demand, Norderstedt

ISBN: 9783749447558

Bibliografische Information der Deutschen Nationalbibliothek. Die Deutsche Nationalbibliothek verzeichnet diese Publikation in der Deutschen Nationalbibliografie; detaillierte bibliografische Daten sind im Internet über:

http://dnb.d-nb.de

abrufbar.

Ich hätte es besser wissen müssen....

über Monate habe ich Jack beauftragt den Jungen im Auge zu behalten. Ich habe mir Fotos und Videos schicken lassen und bin zu dem Ergebnis gekommen dass dieser Junge keiner Fliege was zu Leide tun könnte. Dann begannen die Morde. Ich musste mein Gewissen wieder reinwaschen und inspizierte die Sachlage eigenhändig. Verdeckt hielt ich Vorträge über längst vergessene Stämme in seiner Kita. Und da sah ich ihn. Im Gesicht ohne Ausdruck. Ohne rudimentären Sinn für Gut und Böse. Richtig oder falsch. Ich sah in diese Augen und sah die Definition der Finsternis!

Ich sah die Augen des Teufels!

G. Schitzpiloke